KB127758

Van Gogh le suicidé de la société

사회가 자살시킨 자, 반 고흐

사회가 자살시킨 자, 반 고흐

발행일   2023년 10월 20일 초판 1쇄
지은이   앙토냉 아르토
옮긴이   이진이
편집   남수빈
디자인   남수빈

펴낸곳   잇다
등록   제300-2015-43호.. 2015년 3월 11일
주소   (04035) 서울시 마포구 양화로11길 64 401호
전화   02-6494-2001
팩스   0303-3442-0305
홈페이지   itta.co.kr
이메일   itta@itta.co.kr

ISBN 979-11-93240-14-4 (04800)
ISBN 979-11-89433-47-5 (세트)

책값은 뒤표지에 있습니다.
잘못된 책은 구입하신 서점에서 바꿔 드립니다.

Van Gogh le suicidé de la société

사회가 자살시킨 자, 반 고흐

Antonin Artaud

앙토넹 아르토 지음 이진이 옮김

일러두기

1. 〈사회가 자살시킨 자, 반 고흐〉 번역에 사용한 저본은 Antonin Artaud, *Van Gogh le suicidé de la société* (Gallimard, coll. « L'Imaginaire », [2001] 2014)이다. 이 판본은 1947년 12월 15일 K 출판사Éditions K에서 처음 출간된 텍스트를 기반으로로, 앙토냉 아르토가 수기로 작성한 집필 노트와 앙토냉 아르토 전집의 책임 편집자였던 폴 테브냉Paule Thévenin이 프랑스국립도서관에 남긴 자료들을 참고해 완성되었다. 이 판본을 기본으로 하되, 아르토 전집 제13권에 포함된 텍스트 및 초고 Antonin Artaud, "Van Gogh le suicidé de la société"; "Le dossier de Van Gogh le suicidé de la société," *Œuvres Complètes*, tome XIII (Gallimard, 1974), pp. 9-64; 149-227와, 아르토 선집에 포함된 텍스트 Antonin Artaud, "Van Gogh le suicidé de la société," *Œuvres*, Édition établie, présentée et annotée par Évelyne Grossman (Gallimard, coll. « Quatro », [2004] 2016), pp. 1439-1463도 참고했다. 또한 절판된 한국어 번역본인 앙토냉 아르토, 《나는 고흐의 자연을 다시 본다》, 조동신 옮김(도서출판 숲, 2003)도 참고했다.

2. 부록에 실린 글은 모두 다음의 판본에 수록된 것을 저본으로 했다. Antonin Artaud, *Œuvres* (Gallimard, coll. « Quatro », 2016). 수록 정보는 다음과 같다. 〈배우를 미치게 만들기Aliéner l'acteur〉, pp. 1520-1523; 〈사람의 얼굴은 임시적으로…Le visage humain est provisoirement...〉, pp. 1533-1534; 〈사람의 얼굴Le visage humain〉, pp. 1534-1535; 〈갤러리 피에르에서 낭독하기 위해 쓴 세 편의 글Trois textes écrits pour être lus à la Galerie Pierre〉, pp. 1536-1544; 〈연극과 과학Le théâtre et la science〉, pp. 1544-1548.

3. 원문에서 아르토가 언급하는 반 고흐의 그림에 관한 정보는 아르토 전집 제13권 폴 테브냉의 주석을 참고했고, 각 그림들의 식별 정보는 Rainer Metzger, *Van Gogh: The Complete Paintings*, ed. Ingo F. Walther (Taschen, 2015)[라이너 메츠거, 《빈센트 반 고흐》, 잉고 F. 발터 엮음, 하지은·장주미 옮김(마로니에북스, 2018)]의 한국어판 표기를 따랐다. 그림의 식별 정보에서 'F + 숫자'는 야코프 바르트 드 라 파이유Jacob Baart de la Faille의 반 고흐 전작도록catalogue raisonné상의 도판 분류 번호를, 'JH + 숫자'는 얀 휠스커르Jan Hulsker의 반 고흐 전작도록상의 도판 분류 번호를, 'W-K + 숫자'는 잉고 F. 발터가 편집한 《빈센트 반 고흐》한국어판에 해당 그림이 실려 있는 쪽수를 가리킨다.

4. 이 책의 모든 주석은 옮긴이의 주다.

5. 원문에서 이탤릭체 및 대문자로 강조된 부분은 고딕체로 표시했다.

그림 1 · 〈탕기 아저씨의 초상화〉
파리, 1887년 가을, 캔버스에 유채, 92×75cm
F 363, JH 1351, W-K 282, 파리, 로댕 미술관

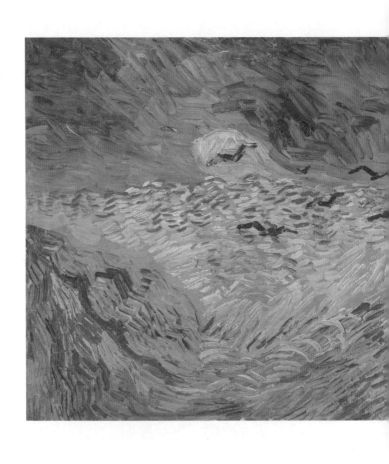

그림 2 · 〈까마귀가 있는 밀밭〉
오베르쉬르우아즈, 1890년 7월, 캔버스에 유채, 50.5×103cm
F 779, JH 2117, W-K 684, 암스테르담, 반 고흐 미술관(빈센트 반 고흐 재단)

그림 3 · 〈폴 고갱의 의자〉
아를, 1888년 12월, 캔버스에 유채, 90.5×72.5cm
F 499, JH 1636, W-K 461, 암스테르담, 반 고흐 미술관(빈센트 반 고흐 재단)

그림 4 · 〈가셰 박사의 초상〉
오베르쉬르우아즈, 1890년 6월, 캔버스에 유채, 67×56cm
F 753, JH 2007, W-K 651, 개인 소장(1990. 5. 15. 뉴욕 크리스티 경매)

그림 5 · 〈아를의 빈센트 침실〉
생레미, 1889년 9월 초, 캔버스에 유채, 73×92cm
F 484, JH 1771, W-K 543, 시카고, 시카고 아트 인스티튜트

그림 6 · 〈빨래하는 여자들이 있는 아를의 랑글루아 다리〉
아를, 1888년 3월, 캔버스에 유채, 54×65cm
F 397, JH 1368, W-K 317, 오테를로, 크뢸러 뮐러 미술관

그림 7 · 〈세탁부들이 있는 '루빈 뒤 루아' 운하〉
아를, 1888년 6월, 캔버스에 유채, 74×60cm
F 427, JH 1490, W-K 372, 워싱턴, D.C., 조셉 앨브리튼 컬렉션

그림 8 · 〈종달새가 있는 밀밭〉
파리, 1887년 여름, 캔버스에 유채, 54×65.5cm
F 310, JH 1274, W-K 251, 암스테르담, 반 고흐 미술관(빈센트 반 고흐 재단)

그림 9 · 〈도비니의 정원〉
오베르쉬르우아즈, 1890년 7월, 캔버스에 유채, 50×101.5cm
F 777, JH 2105, W-K 677, 바젤, R. 스티첼린 컬렉션

그림 10 · 〈교회와 성벽이 있는 생트마리 풍경〉
아를, 1888년 6월, 펜과 잉크, 43×60cm
F 1439, JH 1446, W-K 342, 빈터투어, 오스카 라인하르트 컬렉션

그림 11 · 〈낙엽이 떨어지는 알리스캉〉
아를, 1888년 11월, 캔버스에 유채, 73×92cm
F 486, JH 1620, W-K 438, 오테를로, 크뢸러 뮐러 미술관

그림 12 · 〈구름 낀 하늘 아래 밀밭〉
오베르쉬르우아즈, 1890년 7월, 캔버스에 유채, 50×100.5cm
F 778, JH 2097, W-K 672, 암스테르담, 반 고흐 미술관(빈센트 반 고흐 재단)

그림 13 · 〈프로방스의 건초 더미〉
아를, 1888년 6월, 캔버스에 유채, 73×92.5cm
F 425, JH 1442, W-K 345, 오테를로, 크뢸러 뮐러 미술관

그림 14 · 〈몽마주르에서 본 크로 평원〉
아를, 1888년 7월, 연필, 펜, 잉크, 48.6×60.4cm
F 1420, JH 1501, W-K 363, 암스테르담, 반 고흐 미술관(빈센트 반 고흐 재단)

그림 15 · 〈정물: 화병의 해바라기 열네 송이〉
아를, 1888년 8월, 캔버스에 유채, 93×73cm
F 454, JH 1562, W-K 405, 런던, 내셔널 갤러리

그림 16 · 〈정물: 화병의 해바라기 열두 송이〉
아를, 1888년 8월, 캔버스에 유채, 91×72cm
F 456, JH 1561, W-K 403, 뮌헨, 바이에른 국립회화미술관, 노이에 피나코테크

그림 17 · 〈이젤 앞에 있는 자화상〉
파리, 1888년 초, 캔버스에 유채, 65.5×50.5cm
F 522, JH 1356, W-K 298, 암스테르담, 반 고흐 미술관(빈센트 반 고흐 재단)

그림 18 · 〈올리브 나무 숲〉
생레미, 1889년 6월 중순, 캔버스에 유채, 72×92cm
F 585, JH 1758, W-K 520, 오테를로, 크뢸러 뮐러 미술관

그림 19 · 〈사이프러스 나무〉
생레미, 1889년 6월, 연필, 갈대 펜, 잉크, 62.3×46.8cm
F 1525, JH 1747, W-K 512, 뉴욕, 브루클린 미술관

그림 20 · 〈사이프러스 나무와 별이 있는 길〉
생레미, 1890년 5월, 캔버스에 유채, 92×73cm
F 683, JH 1982, W-K 626, 오테를로, 크뢸러 뮐러 미술관

그림 21 · 〈별이 빛나는 밤〉
생레미, 1889년 6월, 캔버스에 유채, 73.7×92.1cm
F 612, JH 1731, W-K 514, 뉴욕, 현대미술관

그림 22 · 〈올리브 따기〉
생레미, 1889년 12월, 캔버스에 유채, 73×92cm
F 656, JH 1870, W-K 587, 워싱턴, 내셔널 갤러리

그림 23 · 〈아를 포럼 광장의 밤의 카페테라스〉
아를, 1888년 9월, 캔버스에 유채, 81×65.5cm
F 467, JH 1580, W-K 419, 오테를로, 크뢸러 뮐러 미술관

그림 24 · 〈회색 펠트 모자를 쓴 자화상〉
파리, 1887-1888년 겨울, 캔버스에 유채, 44×37.5cm
F 344, JH 1353, W-K 299, 암스테르담, 반 고흐 미술관(빈센트 반 고흐 재단)

사회가 자살시킨 자, 반 고흐

부록

사회가 자살시킨 자, 반 고흐

서문

우리는 반 고흐의 정신적 건강함에 대해 이야기할 수 있다. 그는 평생 동안 제 손 한쪽을 지졌을 뿐이고, 그것 말고는 딱 한 번 자신의 왼쪽 귀를 잘랐을 따름이다.[1]

그에 비해 이 세상 사람들은 암컷 동물의 생식기를 구워 녹색 소스에 곁들여 먹거나, 채찍질해서 벌겋게 달아오른 갓 난 새끼 동물의 성기를 매일같이 먹고 있다,

어미의 성기에서 나오자마자 떼어낸 그 모습 그대로.

이것은 이미지가 아닌, 온 세상에서 날마다 숱하게 반복되며 조장되고 있는 사실이다.

이렇게 단언하는 것이 상당히 미친 소리처럼 들릴는지는 모르겠지만, 현재의 삶은 이처럼 수작질, 무질서, 난잡, 착란, 타락, 만성적 광증, 부르주아 관성, 정신적 이상(이건 인간이 아닌 세상이 이상해졌기 때문이다), 의도적 기만, 터무니없

는 위선, 종자가 드러나는 모든 것에 대한 추잡한 멸시,

온통 태곳적 불의의 달성에 기반을 둔 질서 요구,

그리고 마지막으로, 기획된 범죄라는 해묵은 분위기 속에서 유지되고 있다.

이 병든 의식은 지금 병에서 회복되지 않는 것이 더 큰 이득인 까닭에, 문제는 여기에서 그치지 않는다.

하자 있는 사회는 자신에게 거슬리는 선견지명의 재능을 지닌 어떤 우월하고 명석한 자들의 탐문 조사로부터 스스로를 방어하기 위해 정신의학을 발명했던 것이다.

제라르 드 네르발은 미치지 않았다. 그러나 그가 폭로할 참이었던 어떤 중요한 정보에 대한 신뢰도를 깎아내리기 위해, 그는 미친 것으로 매도되었다.

그는 매도당하는 데 그치지 않고 머리를 가격당하기까지 했는데, 그가 누설하려 했던 끔찍한 사실들에 대한 기억을 지우기 위해 어느 날 밤 누군가 그의 머리에 물리적 타격을 가한 것이었다. 이 일격으로 인해 그가 공개하려 했던 사실들은 그 내면의 초자연적 차원으로 넘어가게 되었다. 네르발의 의식에 대적하여 비밀리에 동맹을 맺은 온 사회가, 당시 그로 하여금 그 실상을 잊어버리게 만들 만큼 충분히 강했기 때문이다.[2]

아니다. 반 고흐는 미친 게 아니었다. 그러나 그의 그림들은 불붙은 그리스식 화약, 원자 폭탄이었다. 그와 동시대에 맹위를 떨쳤던 다른 모든 그림들에 비해 반 고흐의 그림들이 지닌 시각은 제2제정 부르주아지 및 나폴레옹 3세의 끄나풀과 매한가지인 티에르와 강베타, 펠릭스 포르[3]의 하수인들이 가진 음흉한 순응주의를 심각하게 흐트러뜨릴 수 있을 만한 것이었다.

왜냐하면 반 고흐의 그림은 관습에 대한 순응주의가 아닌 체제 그 자체에 대한 순응주의를 공격하기 때문이다. 기후와 조수, 춘추분점春秋分點의 돌풍을 비롯한 외부의 자연도 이 땅에 반 고흐가 지나간 이래 더 이상 동일한 중력을 지닐 수 없다.

말할 것도 없이 사회의 차원에서 제도들은 붕괴하고 있고, 쓸모없고 퀴퀴한 시체처럼 보이는 의학은 반 고흐를 광인이라 선언한다.

작동하는 반 고흐의 명석함에 비하면, 정신의학은 그저 강박적이고 구박받는 고릴라들의 소굴일 따름이다. 이 고릴라들은 인간의 고통과 숨 막힘이라는 가장 끔찍한 상태에 대처하는 데에,

저들의 흠결 있는 뇌에서 나온 산물에나 어울리는 우스꽝스러운 전문 용어밖에는 가진 게 없다.

사실, 공공연하게 섹스에 환장하지 않는 정신과 의사는 단 한 명도 없다.

나는 정신과 의사들에게 고질적인 색정욕의 법칙이 어떤 예외를 감당할 수 있다고 생각하지 않는다.

몇 해 전, 내가 알던 정신과 의사 한 명은 자신이 속한 높으신 사기꾼 양반들과 영업 허가증을 내걸고 설치는 수작꾼들의 집단 전체를 내가 싸잡아 비난한다며 다음과 같이 발끈한 적이 있다.

아르토 씨, 나는요, 색정광이 아닙니다, 어디 무슨 근거로 저를 그렇게 매도하시는지 그 근거를 단 하나만이라도 내놓아 보십쇼.

L 선생,[4] 그 근거라면… 당신을 보여드리는 것으로 충분하겠네요,

댁의 주둥이에 그 흔적을 갖고 계시잖아요,

이 빌어먹을 비열한 인간 말종아.

그 낯짝은 자신의 성적인 먹잇감을 혀 밑에 집어넣고 아몬드 굴리듯 굴려 특정 방식으로 능멸하는 자의 낯짝이잖소.

이를 일컬어 제 잇속을 차린다고, 지 꼴리는 대로 군다고 하지요.

만일 당신이 성교를 할 때 당신이 알고 있는 어떤 방식으로 목구멍에서 끼룩끼룩 대는 소리를 얻어내지 못한다면, 또

인두에서, 식도에서, 요도와 항문에서 동시에 꾸르륵꾸르륵
하는 소리가 나지 않는다면,

당신은 만족했다고 말할 수 없습니다.

그리고 당신의 내적 체질상의 전율에는 당신이 쌓아온 어
떤 습벽이 있을 텐데요, 그것이 바로 몸에 배인 추잡스런 음
탕함을 여실히 보여주는 증거이지요,

당신은 해를 거듭할수록 그 습벽을 점점 더 키워나갑니다,
왜냐하면 사회적으로 말해서 그것은 법의 구속을 받지 않기
때문입니다.

그것은 다른 종류의 법에 구속되는데, 모든 손상된 의식
은 그 법의 영향 아래에서 고통받습니다. 당신이 그 따위로
행동함으로써 그 의식의 숨통을 틀어막기 때문입니다.

당신은 멀쩡히 굴러가는 의식을 정신착란이라고 선포하
는 한편, 당신의 역겨운 섹슈얼리티로 그 의식의 숨통을 옥
죄고 있습니다.

바로 이러한 차원에서 가여운 반 고흐는 무결했던 것입
니다.

그 어떤 세라핀 천사나 동정녀도 그렇게 무결할 수 없을
만큼 말입니다. 왜냐하면 애초에 죄의 거대 기계를

조장하고

키운 것은 다름 아닌 그들이기 때문입니다.

게다가 L 선생님⋯ 아마 당신도 편파적인 천사들의 종자이신 것 같은데요, 제발 사람들을 가만히 좀 놔두십시오,

죄 없는 반 고흐의 육체에는 오직 죄만이 가져올 수 있는 광기 또한 없었습니다.

나는 카톨릭적인 죄가 있다고는 믿지 않아도,

도색적 범죄가 있다고는 믿습니다. 하지만 그 도색적 범죄야말로 이 땅의 모든 천재들,

정신병원의 진정한 광인들이 경계했던 것이고,

그렇지 않다면 그들은 (진정한 의미에서) 광인이 아니었던 것입니다.

그런데 진정한 광인이란 무엇일까요?

진정한 광인이란 인간의 영예라는 지고의 개념을 더럽힐 바에야 기꺼이 사회적으로 통용되는 의미에서 미치광이가 되는 편을 택한 사람입니다.

그리하여 어떤 엄청난 더러움을 저지르는 데 사회와 공범이 되기를 거부했다는 이유로, 사회는 떼어내고 물리치고 싶었던 모든 이들을 정신병원 안에서 목 졸랐던 것입니다.

왜냐하면 광인은 또한 사회가 어떤 말도 들어주려 하지 않았던 사람, 견딜 수 없는 진실을 발설하지 못하게 사회가 입을 틀어막고자 했던 사람이기도 하기 때문이지요.

그런데 이 경우, 사회가 지닌 무기는 구금만이 아닙니다.

사람들을 한 곳에 몰아넣는 용의주도한 집단 수용에는 꺾어 버리고만 싶은 수용자들의 의지를 끝장내버릴 또 다른 수단들이 있습니다.

시골 주술사들의 소소한 저주 이외에도, 모든 예민한 의식이 주기적으로 가담하여 전면적인 저주를 내리는 거대한 굿판들이 있습니다.

그리하여 전쟁이나 혁명, 아직 맹아 상태인 사회적 전복의 시기에, 이견 없이 똘똘 뭉친 의식은 의문에 붙여지고 스스로에게 의문을 제기하며, 또한 심판을 내립니다.

이 통일된 의식은 어떤 쩌렁쩌렁한 개인들의 경우와 맞닥뜨려서도 자극을 받아 도발되기도 합니다.

그리하여 보들레르와 에드거 포, 제라르 드 네르발, 니체, 키에르케고르, 횔덜린, 콜리지에 대하여 의견일치를 보인 저주의 굿판들이 일어났고,

반 고흐에 대해서도 마찬가지였던 것입니다.

이런 일은 대낮에도 일어날 수 있지만, 보통은 한밤중에 더 많이 일어납니다.

이런 연유로, 모든 이들의 호흡 너머로 사람들 다수의 살煞이라는 해악스러운 공격성이 모여 만드는 이 일종의 어두컴컴한 둥근 지붕 속으로, 별들의 궁륭 속으로, 기묘한 힘들이 솟아올라 들어갑니다.

그리하여 이 땅에서 발버둥쳤던, 선하고 총명한 의지를 가진 몇 안 되는 자들은 낮이나 밤의 특정 시간에, 악몽의 진실되고 각성된 특정 상태 속에서, 곧 풍속들 사이로 가감없이 드러나게 될 어떤 시민적 주술의 희한한 빨아들임, 기막힌 촉수의 짓누름에 자신들이 에워싸여 있는 것을 보게 되는 것입니다.

한 쪽으로는 섹스를, 다른 한 쪽으로는 미사 혹은 그와 유사한 여타 정신적 의례를 발판 내지 지지대로 삼은 이 집단적 더러움 앞에서, 모자에 열두 개의 초를 달고 한밤중에 풍경화를 그리러 가는 데에 광기는 없다.

일전에 우리의 친구인 배우 로제 블랭이 제대로 지적했듯이, 그러면 스스로 빛을 밝히기 위해 가여운 반 고흐가 어찌했어야 했단 말인가?

손을 지진 것에 대해 말하자면, 그것은 그야말로 영웅적 행위요,

귀를 자른 것에 대해 말하자면, 그것은 당연한 귀결이다.

그러니, 다시 말하거니와,

밤낮으로 점점 더 못 먹을 것을 먹어대는 세상은

제 악의가 먹혀들게 하려거든

이 점에 관해

그저 입을 닥칠 일이다.

추신

반 고흐는 광기 그 자체의 상태로 인해 죽은 것이 아니라,

그의 육신이 그 자체로, 정신보다 살이 중한지, 살보다 육체가 먼저인지, 살이나 육체보다 정신이 우위인지를 놓고,

이 인류의 편파적인 정신이 태곳적부터 논쟁을 벌여왔던 문제의 장이 되었기 때문에 죽었다.

그렇다면 이 광기 속에 인간적 자아의 자리는 어디에 있는가?

반 고흐는 평생 동안 묘한 기개와 결단력으로 자신의 자아를 찾으려 했다.

그는 그것에 이르지 못한 불안 속에서, 광증의 일격 속에서 자살한 것이 아니다.

반대로, 반 고흐는 자신의 자아에 막 도달하여 자기가 무엇이었고 자기가 누구였는지를 발견한 참이었다, 사회의 보편 의식이 사회에서 스스로 이탈해버린 그를 벌하기 위해

그를 자살시켰을 때.

반 고흐에게 일어난 일은 평소에도 늘상 일어나는 일이다.

난교, 미사, 면죄 기도 때에, 혹은 축성이나 빙의, 여자 악령과의 통정이나 남자 악령과의 내통과 같은 그런 여타의 의례 때에.

즉, 그것이 반 고흐의 몸 속으로 들어갔던 것이다.

죄를 사함 받은,
축성된,
신성화된,
악령 들린
이 사회가

반 고흐가 막 거머쥔 초자연적인 의식을 그에게서 제거했다, 반 고흐의 내부에 있는 나무의 섬유 사이사이를 흥건하게 채우는 검은 까마귀들이 범람하듯,
마지막으로 솟아올라 그를 덮쳐,
그의 자리를 차지하고는,
그를 죽여버렸다.

기실 악귀에 씌지 않고는 결코 살 수도, 산다고 생각할 수도 없었던 것이 현대 인간의 해부학적 논리다.

사회가 자살시킨 자

오래 전부터 순전히 선형적인 그림은 나를 돌아버리게 만들었다. 그러던 중 반 고흐를 알게 되었다. 그는 선이나 형태가 아닌, 꼼짝하지 않는 자연의 사물들을 그렸다. 그 사물들이 경련의 와중에 있는 것처럼.

그러고도 꼼짝하지 않는.

관성이라는 힘이 극렬하게 기세를 뻗치고 있는 양. 모든 사람들이 에둘러 말하는 이 관성은 온 세상과 현재의 삶이 그것이 무엇인지를 밝혀내려고 덤벼든 이래 그 어느 때보다 더 모호해졌다.

그런데, 반 고흐는 그의 결정적 타격으로, 그야말로 둔기의 타격으로 자연과 사물의 모든 형태를 쉼 없이 두드린다.

반 고흐의 못에 결이 정리된

풍경들은 자신의 난폭한 살갗을,

갈린 배 사이로 내장이 드러난 지세地勢의 노여움을 드러
낸다.

더구나 우리는 어떤 신묘한 힘이 지금도 그 풍경들을 변
형시키는 중인지 알지 못한다.

반 고흐 그림의 전시회는 언제나 역사상 하나의 사건이다,

그려진 것들의 역사가 아닌, 과연 역사 그 자체의 역사에서.

그도 그럴 것이 그 어떤 굶주림, 전염병, 화산 폭발, 지진,
전쟁도 대기 중의 모나드들을 곤두세우고, 사물들의 신경증
적 운명, 그 파마 파툼fama fatum⁵의 사나운 형상을 목 조르지
못하는 까닭이다,

백일白日하에 나와,

시각만큼이나,

청각, 촉각,

후각에 내맡겨져,

전시회장의 벽에 내걸린,

말하자면 현실 속으로 새로이 던져진, 흐름 속에 다시금
들어선, 반 고흐의 회화 작품 하나가 해내듯이 말이다.

오랑주리에서 열린 반 고흐의 최근 전시회⁶에는 이 불행
한 화가의 모든 걸작이 다 소개되지는 않았다. 하지만 전시회
장 벽에 총총 박혀 구불구불한 행렬을 이룬 그림들 중에는,

카민 빛깔 식물 다발들과 주목朱木 한 그루가 우뚝 서 있는 우묵한 길들, 티끌 한 점 없는 금빛의 밀단 위를 맴도는 보랏빛 태양들, 페르 트랑킬,[7] 그리고 반 고흐가 그린 반 고흐의 초상화들이 있어,

사물과 인물, 재료와 요소의 어떤 구질구질한 단순함으로부터

반 고흐가 이런 종류의 파이프 오르간 선율, 이만한 불꽃놀이, 이같은 대기의 에피파니, 그러니까 끝없이 계속되는 불시不時의 변환 속에 있는 이러한 "걸작"을 이끌어 냈는지를 환기시키기에 충분했다.

그가 죽기 이틀 전에 그린 이 까마귀들은 그의 다른 그림들과 마찬가지로 그에게 어떤 사후의 영광으로 이어지는 문을 열어주지는 못했으나, 반 고흐가 연 수수께끼 같고 음산한 내세의 문을 통해, 가능한 내세, 가능한 영속적 현실로 통하는 은밀한 문을 화폭 위의 그림에, 아니 차라리 그림으로 그려지지 않은 자연에 열어주고 있다.[8]

결국에는 자기를 죽이게 된 총탄 한 발을 뱃속에 품고서 화폭에다 검은 까마귀들을 쑤셔 넣고 있는 어떤 이를 보는 것은 흔한 일이 아니다. 그는 까마귀들 아래로 아마도 납빛의, 어쨌든 텅 빈 벌판 같은 것을 그려 넣었는데, 그 벌판에서

49

흙의 포도주색은 밀의 칙칙한 노란색에 필사적으로 맞서고 있다.

반 고흐 이외에 다른 어떤 화가도 까마귀를 그리는 데 이 송로버섯의 검은색, 저녁 어스름빛에 놀란 까마귀 떼의 날개짓으로부터 떨어져 나온 것 같으면서 동시에 "주지육림"에서나 볼 법한 이 검은색을 찾아낼 도리가 없을 것이다.

그렇다면, 필시 반 고흐에게만 상서로운 데다가 더는 그를 해하지 못할 어떤 악의 호사스러운 징조인 **상서로운** 까마귀 떼가 지나는 땅은 그 날갯짓 아래에서 무엇을 한탄한단 말인가?

땅뙈기를 가지고서 포도주에 울고 핏자국에 젖은 이 꼬질꼬질한 천조각을 만들어낸 이가 이제껏 반 고흐 외에 아무도 없지 않았던가.

그 그림 속 하늘은 매우 낮고 짓눌려 있으며,

벼락의 테두리처럼 보랏빛이다.

번개가 치고 난 뒤 허공에서 치솟아 오르는 기이한 검은 가닥.

반 고흐는 화폭 상단의 몇 센티미터 아래에, 그리고 **캔버스** **아래에도**, 자살당한 자신의 비장脾臟에서 나온 시커먼 미생물

같은 까마귀들을 풀어 놓았다,

죽죽 그어진 검은 칼자국을 따라. 그 칼자국에 깃든 풍성한 까마귀 깃털이 펄럭일 때마다 숨막힐 듯 꽉 닫힌 하늘은 땅에서 휘몰아치는 돌풍을 겁박하듯 억누르고 있다.

그런데도 그림 전체는 화려하다.

화려하고 찬란하며 고요하다.

평생토록 수차례나 제멋대로 쌓인 건초 더미 위로 취기 오른 태양을 빙빙 돌게 했으며, 절망한 채 뱃속에 총탄 한 발을 품고서 피와 포도주로 풍경화를 적시지 않을 수 없었던, 신나면서도 침울한 최후의 유탁액에, 시큼한 포도주와 상한 식초 향에 바닥을 적시지 않을 수 없었던 한 사람의 죽음과 어엿하게 어우러지는 그림.

그리하여, 결코 회화를 넘어서지 않았던 바로 그 반 고흐가 그린 마지막 그림의 음조는 엘리자베스 시대의 가장 비장하고 열정적이며 열렬한 극작품의 거칠고 투박한 음색을 떠올리게 한다.

나로서는 이것이 반 고흐에게서 가장 놀랄 만한 점이다. 모든 화가들 중에서 가장 화가다운 그는 일화와 이야기, 드라마, 생생한 동작, 주제와 대상의 고유한 아름다움을 드러내기 위해 우리가 회화라고 부르는 바로 그 회화를 넘어서지 않으면서도, 붓과 물감, **모티프**의 구성적 틀과 캔버스에서 벗어나지 않으면서도, 자연과 사물들을 열광케 하는 데 이르렀던 것이다. 그 결과 에드거 포나 허먼 멜빌, 너새니얼 호손, 제라르 드 네르발, 아힘 아르님, 호프만의 굉장한 콩트보다도 반 고흐의 서푼짜리 그림들이 극적이고 심리적인 면에 대해 훨씬 더 속속들이 이야기를 들려준다.

더욱이 공교롭게도 거의 모두 보잘것없는 크기로 그려진 그의 그림들이 말이다.

초록색 짚으로 엮은 팔걸이의자 위에 놓인 촛대 하나,
그 의자 위의 책 한 권,
자, 이렇게 드라마의 막이 오른다.
누가 들어올 것인가?
고갱일 것인가, 아니면 또 다른 유령일 것인가?[9]

보아하니, 짚으로 만든 의자 위의 불 켜진 촛대는 반 고흐와 고갱이라는 상반된 두 인물을 가르는 빛의 경계선을 나타낸다.

그들이 언쟁한 미학적 화두는 누가 들려준다 해도 크게 흥미로운 이야기는 아닐 것이다. 그러나 그것은 반 고흐의 천성과 고갱의 천성 사이의 아득한 인간적 분열을 가리키고 있었던 것이 분명하다.

내가 보기에 고갱은 자고로 예술가라면 상징과 신화를 탐구하고 삶의 요소요소들을 신화로까지 확대해야 한다고 생각했던 반면,

반 고흐는 삶의 가장 통속적인 요소들로부터 신화를 이끌어낼 줄 알아야 한다고 생각했던 것 같다.

이 점에 대해 나는 반 고흐가 아무렴 옳았다고 생각한다.

왜냐하면 현실은 모든 이야기, 우화, 신성神性, 초현실을 지독히도 능가하기 때문이다.

그것을 해석할 줄 아는 재능만 있으면 되는 것이다.

가여운 반 고흐 이전에 그 어떤 화가도 해내지 못했던 일,

반 고흐 이후 그 어떤 화가도 해내지 못할 일,

왜냐하면 생각건대 이번에,

바로 오늘,

지금 이 순간에,

1947년 2월에,

현실 그 자체가,

바로 그 현실의 신화, 신화적 현실 그 자체가 뒤섞이고 있기 때문이다.

이렇듯, 실제 삶의 사물들이 부딪혀 울려퍼지는 억압된 명령에 따른다면 초인간적인, **영영** 인간을 넘어서는 종鐘, 그 거

대한 심벌즈를 흔들 줄 아는 이는 반 고흐 이래로 아무도 없을 것이다,

충분히 귀를 열어 실제 삶의 사물들이 들이쳐 밀려오는 때를 간파할 줄 알고 있었다 하더라도 말이다.

그리하여 촛대의 빛은 울린다, 초록색 밀짚 의자 위 불 켜진 촛대의 빛은, 잠든 병자의 육체 앞에서 연인의 육체가 숨을 쉬듯, 그렇게 울리고 있다.

그 빛은 마치 묘한 판단처럼, 뜻밖의 심오한 심판처럼 울린다. 반 고흐는 우리에게 그 심판이 내릴 훗날의 판결을, 밀짚 의자의 보랏빛이 끝내 그림 전체를 잠식해버리게 될 아주 먼 훗날의 판결을 가늠해볼 수 있게 해주는 듯하다.

또한, 바로 눈치채지 못할 수도 있지만, 우리는 비스듬히 서 있는 커다란 의자, 다리를 쩍 벌린 그 낡은 초록색 밀짚 의자 뼈대의 색을 바래게 한 이 연보랏빛 흠집에 주목하지 않을 수 없다.

그도 그럴 것이, 어떤 비밀과도 같이, 그 연보라색 빛의 초점이 다른 곳에 위치해 있는 것 같고 광원은 이상하게 어둡기 때문이다. 그 비밀을 풀어낼 열쇠는 오직 반 고흐만이 제품에 지니고 있었을지 모른다.

나는 반 고흐가 서른일곱 살에 죽지 않았다면 회화가 어

떤 지고의 걸작들로 풍요로워질 수 있었을지를 말해달라고 곡비哭婢를 불러들이지는 않을 것이다.

왜냐하면 나는 도무지 반 고흐가 〈까마귀가 있는 밀밭〉 이후에 그림을 단 한 점이라도 더 그릴 수 있었다고는 생각할 수 없기 때문이다.

나는 그가 악귀에 결박된 자의 을씨년스럽고 넌더리 나는 이야기의 대단원에 기어이 이르렀기 때문에 서른일곱 살에 죽은 것이라고 생각한다.

반 고흐가 목숨을 저버린 것은 자기 자신 때문도, 광기 그 자체의 고통 때문도 아니었다.

그가 죽기 이틀 전까지도 가셰 박사라 불리며 정신과 의사로 행세했던 악귀의 압박이 그의 죽음에 직접적이고 효과적이며 충분한 원인이었다.

나는 반 고흐가 그의 동생에게 보낸 편지를 읽으면서 "정신과 의사" 가셰 박사가 실제로 화가 반 고흐를 싫어했으며, 화가인, 아니 무엇보다 천재인 그를 싫어했다는 확고부동하고 틀림없는 확신을 갖게 되었다.

의사이면서 괜찮은 사람이기는 거의 불가능한데, 정신과 의사이면서 동시에 어느 한 구석 명백하게 미친놈 티가 안 나기란 지지리도 불가능하다. 정신과 의사들은 이 패거리에 속한 모든 학자를 천재에 대한 일종의 타고난 선천적 혐오자

55

로 만들어버리는, 그 족속 특유의 이 유구한 유전적 반응에 맞서 싸우지 못하게 만드는 광기를 지니고 있는 것이다.

의학은 악에서 생겨났다. 의학이 병에서 생겨난 것이 아니라면, 혹은 반대로 스스로에게 존재의 이유를 부여하기 위해 전적으로 병을 유발하고 만들어낸 것이 사실이라면 말이다. 반면 정신의학은 병의 근원에 악을 남겨두고 싶어했던 인간들, 그리하여 허울뿐인 그들 자신으로부터 어렵사리 일종의 스위스 근위대를 끌어내어 천재성의 기원에 있는 반항적 자기주장의 약동을 뿌리부터 몰아내려 했던 인간들이 모여 있는 추잡스러운 패거리에서 생겨났다.

모든 광인에게는 이해받지 못한 천재성이 있다. 그의 머릿속에서 번뜩이는 생각은 사람들을 겁먹게 만들고, 삶이 그에게 마련해 준 질식으로부터의 탈출구는 오직 광기에서만 찾을 수 있을 뿐이다.

가셰 박사는 반 고흐에게 (로데즈 정신병원 병원장 가스통 페르디에르 박사가 자신은 나의 시를 바로잡아 주기 위해 있는 사람이라고 내게 말했던 것처럼) 그의 곁에서 그의 회화를 바로잡아 주겠다고 말하지는 않았다. 그렇지만 그는 반 고흐가 사유의 고통에서 벗어나기 위해서는 자연의 풍경 속에 파묻혀야 한다며 풍경화를 그리라고 그를 내보냈다.

다만 가셰 박사는 반 고흐가 고개를 돌리자마자 그에게서 생각의 스위치를 꺼버렸다.

악의는 전혀 없지만 깔보는 듯이 코를 슬쩍 찡그려 보임으로써. 그 별 것 아닌 찡그림에는 이 땅의 부르주아적 무의식이 백 번을 억누르고 억누른 생각으로 이루어진 기이한 힘이 깃들어 있었다.

이렇게 함으로써 가셰 박사는 그에게서 단지 문제의 해악만이 아니라,

유황 불씨,

유일한 통로의 목구멍에 박힌 끔찍한 못도 차단해버렸다.

그것을 가지고 반 고흐는

경직된 채,

영감의 숨결이 드나드는 구멍 위에 아슬아슬하게 자리한 반 고흐는

그림을 그린 것이었는데 말이다.

사실 반 고흐는 지독한 감수성의 소유자였다.

이를 납득하려거든 그저 그의 얼굴을 쳐다보기만 하면 될 일이다. 언제나 헐떡이는 것 같은 데다가 어떤 면에서는 사람을 홀리는 듯한 백정의 얼굴을 말이다.

이제는 일을 손에서 놓은 초연한 고대 백정 같은 이 어슴

푸레한 얼굴이 나를 쫓고 있다.

반 고흐는 상당히 많은 그림 속에 자기 자신을 그렸다. 그런데 그 그림들이 제아무리 밝게 표현되어 있다 해도, 어쩐지 나는 항상 누군가가 그 그림들로 하여금 빛에 관해 공갈을 치게 했다는, 누군가가 반 고흐에게서 그의 내부에 직접 자기만의 길을 내고 그 길을 따라가는 데 꼭 필요한 빛을 앗아가 버렸다는 서글픈 느낌을 갖고 있었다.

물론 반 고흐에게 그 길을 알려줄 수 있었던 사람이 가셰 박사는 아니었다.

살아 있는 모든 정신과 의사들에게는 자기 앞의 모든 예술가, 모든 천재를 적으로 보는 역겹고 더러운 유전적 특성이 있다고 내가 이미 말하지 않았는가.

나는 가셰 박사가, 자신이 치료했고 끝내는 자신의 집에서 자살한 반 고흐의 맞은 편에, 자신이 반 고흐의 생전 마지막 친구이자 말하자면 그를 위로하라고 하늘이 내려 보낸 사람이라는 기억을 역사에 남겨 놓았다는 사실을 알고 있다.

그렇지만 나는 그 어느 때보다도 더, 오베르쉬르우아즈의 가셰 박사 때문에, 그날, 반 고흐가 오베르쉬르우아즈에서 자살한 바로 그날,

분명 가셰 박사 때문에, 그가 삶을 저버린 것이라고 생각

한다.

반 고흐는 어떤 경우에도 눈앞의 그럴싸한 사실들로 이루어진 현실보다 더 멀리, 위험할 만큼 무한하게 더 멀리 볼 수 있는 월등한 총명함을 지닌 기질의 소유자들 가운데 한 사람이었던 것이다.

그러니까 우리의 의식이 익숙하게 삼가곤 하는 그런 의식을 가진 사람 말이다.

속눈썹이 다 뽑혀버린 백정의 눈 같은 자신의 두 눈 깊은 곳에서, 반 고흐는 자연을 대상으로 삼고, 인간의 육체를 솥이나 도가니로 삼았던 어둠의 연금술 작업들 중 하나에 부단히 전념했다.

그리고 내가 알기로 가셰 박사는 언제나 이러한 작업이 반 고흐를 지치게 만든다고 생각했다.

가셰 박사의 이런 반응은 한낱 의학적 근심에서 비롯된 것이 아니라,

스스로도 알고 있었지만 고백하지 않았던 어떤 질투심을 시인하는 것이었다.

말하자면 반 고흐는 신비적 계시의 단계에 이르렀는데, 거기서는 휩쓸려 들어오는 물질 앞에서 흐트러진 사유가 역류하고,

생각한다는 것은 더 이상 진이 빠지는 일이 아니며,
더는 생각이 존재하지도 않게 된다,

거기서는 **형체를 그러모으기만** 하면, 그러니까,
　　　　　형체들을 괴어 놓기만 하면 된다.

우리는 지금 별들의 세계를 말하는 것이 아니다. 뇌와 의
식 너머에서 이렇게 되찾은 직접적 창조의 세계를 말하는 것
이다.

그리고 나는 꿈쩍 않는 트뤼모[10]로 인해 뇌 없는 신체가
지쳐버린 것을 단 한 번도 본 적이 없다.

꼼짝도 않는 트뤼모들인 이 다리들, 해바라기들, 주목朱木
들, 올리브 열매들, 널어 말린 건초들. 그 마른 풀들은 이제
움직이지 않는다.

그것들은 굳어 있다.

그런데 누가 날카로운 칼부림에도 완고하게 움찔하기만
했던 그것들이 이보다 더 단단하기를 바랄 수 있겠는가?

틀렸소, 가세 박사, 트뤼모 하나로 절대 사람 안 지치지. 그
어떤 움직임도 빚어내지 않고 광인이 힘을 쭉 빼고 있는 걸.

나도 가련한 반 고흐와 마찬가지로 이제 더 이상 생각을
하지 않는다. 나는 놀랍도록 이글대는 나의 내면으로 하루하

루 더 가까이 다가가고 있다. 이것이 나를 지치게 만든다고 닦달하러 올 의술이 있으면 어디 한 번 봤으면 좋겠다.

전해지는 이야기에 따르면, 누군가가 반 고흐에게 얼마 간의 돈을 빚지고 있었다고 한다. 이 때문에 반 고흐는 이미 며칠 전부터 속을 태우고 있었다.

고결한 성품의 성향상, 언제나 현실보다 한 수 위에서, 모든 것을 자기 탓으로 해석하고,

결코 그 무엇도 우연히 일어나지 않으며, 모든 나쁜 일은 의식적이고 영악하며 몇 수를 내다본 악의의 결과라고 믿어버린다.

정신과 의사들은 결코 이렇게 생각하지 않는다.

천재들은 항상 이렇게 생각한다.

내가 아플 때, 나는 무엇인가에 홀려 있는 것이다. 나는 누군가가 나에게서 건강을 빼앗아 내 건강을 이용해 먹는다고 생각하지 않고는 내가 아프다는 것을 받아들일 수가 없다.

반 고흐도 자신이 무엇인가에 홀려 있다고 생각했다. 그가 그렇게 말한 적이 있다.

나로서도 그가 정말 홀려 있었다고 생각하는데, 어디에서 어떻게 홀리게 되었는지는 언젠가 내가 말할 날이 있을 것이다.

반 고흐에게서 모든 온전한 사유를 빼앗아 가려고 쨍하니 광택을 낸 리넨 셔츠에 파란색 재킷을 입고서 가엾은 반 고흐 앞에 앉아 있는 가셰 박사는 이 그로테스크한 케르베로스, 진물 나고 곪아 썩은 케르베로스였다.[11] 사실 세상을 보는 반 고흐의 건강하기만 한 이런 방식이 일제히 퍼져 나가게 되면, 사회는 더 이상 존재할 수 없을지도 모른다. 하지만 나는 이런 와중에도 이 땅의 어떤 영웅들이 제 몫의 자유를 찾아낼는지 잘 알고 있다.

반 고흐는 자신의 목덜미를 문 가족의 흡혈귀 같은 짓을 제때에 떨쳐 버리는 법을 알지 못했다. 그가 계시된 자로서 자신의 개성을 육체적이고 구체적으로 활짝 펼치려면 혁명이 반드시 필요했지만, 그의 가족은 화가 반 고흐의 천재성이 이런 혁명을 부르짖는 대신 그림을 그리는 데만 만족하게끔 하느라 여념이 없었다.

가셰 박사와 반 고흐의 동생 테오 사이에서, 그들이 데려간 환자에 관해 정신병원 원장들과 나눈 역겨운 비밀 가족 회담이 얼마나 많았던가.

— 이제 더는 이런 생각들을 하지 못하게 형을 잘 지켜보세요. 들었지, 형, 의사 선생님이 그러셨는데, 그런 생각을 다 버려야 한대, 그 생각들이 형을 아프게 하는 거래, 그런 생각을 계속 하다가는 형 평생 정신병원에서 살다 죽어야 해.

── 반 고흐 씨, 안 됩니다, 정신 차리세요, 잘 보세요, 다 우연입니다, 모든 것을 신의 섭리의 비밀로 보려 하는 것은 절대 좋지 않습니다. 제가 아무개 씨를 아는데요, 참 좋은 분이시죠, 그 분이 이렇게 몰래 주술을 외고 있다고 생각하시는 건 피해망상이 다시 반 고흐 씨를 사로잡았기 때문입니다.

── 그 사람이 반 고흐 씨에게 이 돈을 갚겠다고 약속했으니, 갚을 겁니다. 돈 갚는 날짜가 차일피일 미뤄지는 게 무슨 악의가 있어서 그런 거라고 이렇게 계속 우기시면 안 되죠.

좋은 사람 같은 정신과 의사와의 차분한 대화란 이런 것이다. 그 대화가 아무것도 아닌 것처럼 보인다 해도 가슴에 자그마한 검은 혓바닷, 독을 품은 도마뱀의 그 별것 아닌 작고 검은 혓바닥 같은 흔적을 남기는 것이다.

때로는 천재가 자살에 이르도록 하는 데 이보다 더한 것이 필요하지 않다.

어떤 날엔 가슴이 어찌할 도리 없이 꽉 막힌 것처럼 느껴지고, 이 때문에 머리가 홱 돌아버린 것 아닌가 생각하기도 하는데, 이제 이런 생각에서 더는 벗어날 수도 없다.

어찌 되었든 반 고흐가 아무 일도 없었던 것처럼 자기 방에 들어가 자살한 것은 당연히 가셰 박사와 대화를 나누고 난 다음이다.

나도 정신병원에서 9년을 보냈다. 나는 반 고흐처럼 자살에 집착해 본 적은 한 번도 없지만, 매일 아침 회진 시간에 정신과 의사와 이야기를 나눌 때면 그의 목을 조를 수는 없어 내 목을 매달고 싶은 기분이 든다는 것은 알고 있다.

그리고 어쩌면 테오가 물질적으로는 형에게 큰 도움이 되었는지 몰라도, 형의 광기를 이해해 주지는 못할망정, 형이 미쳤다고, 신비주의에 경도되었다고, 환각에 사로잡혔다고 생각해서

형을 진정시키려고 부득부득 애를 쓰지 않은 것도 아니다.

훗날 테오가 후회하며 죽었다 한들, 무슨 상관인가?

반 고흐가 세상에서 가장 중요하게 생각했던 것이 화가에 대한 생각, 계시된 자에 대한 무시무시하고 광신적이며 종말론적인 생각이었다.

세상은 다름 아닌 세상 그 자체의 자궁이 명하는 대로 정렬되어야 했고, 광장에서 벌어지는 신비주의 축제의 강도 높고 반₨정신적인 제 리듬을 되찾아야 했으며, 만인이 보는 앞에서, 뜨겁게 달궈진 도가니 안에 다시금 담겨야 했으리라.

말하자면, 지금 이 시간에도, 종말이, 이미 저질러진 어떤 종말이 원숙한 반 고흐, 순교 당한 반 고흐의 그림들 속에 잠복해 있다는 것이다. 이 땅은 머리로 치받고 두 발로 뒷발질 치려거든 반 고흐가 필요하다는 말이다.

결코 어느 누구도 단지 실질적으로 지옥에서 빠져나오기 위한 목적에서만 쓰거나 그리거나 조각하거나 빚거나 짓거나 발명하지는 않았다.

　　지옥에서 달아나기 위해서라면, 나는 대 피터르 브뤼헐이나 히에로니무스 보스의 구성상의 우글거림보다는 잔잔하게 경련하는 이 사람이 그린 자연이 더 좋다. 반 고흐가 그저 스스로를 속이지 않으려 애쓰는 하찮은 무지렁이인 곳에서, 브뤼헐과 보스는 반 고흐에 비한다면 단지 예술가일 따름이다.

　　반 고흐가 자기 침대의 선택된 자리에 그토록 부드럽게 부풀어 오르게 한 이 붉은 새우 색깔 솜이불을 가지고서, 일을 하다 몸을 일으켜 세우고 있는 오베르쉬르우아즈의 빨래하는 어느 여인 뒤로 에메랄드 녹색, 연한 파란색으로 살포시 솟아 오른 이 나룻배를 가지고서, 또 음악의 도입부에서처럼 전경으로는 이 거대한 땅 덩어리가 몸을 굽힐 물결을 찾고 있는 한편, 저기 뒤편으로는 뾰족한 마을 종탑의 회색 모퉁이 뒤에 못 박혀 꼼짝 않는 이 태양을 가지고서,[12] 자전축의 세차 운동에 대한 저질스럽고도 심히 미련하게 성스러운 신명 재판이나 미분법, 양자론에 결정적으로 나사 빠진 무언가가 있다는 것을 박식한 학자에게 대체 어떻게 이해시킬 수 있단 말인가.

O vio profe
O vio proto
O vio loto
O théthé[13]

반 고흐의 그림을 묘사한다니, 그게 무슨 소용인가! 어느
누가 시도한 그 어떤 묘사도 반 고흐가 직접 열과 성을 다해
소박하게 하나하나 놓아둔 자연의 사물들과 색채들에는 비
할 바가 못 될 것이다.

훌륭한 화가인 만큼이나 훌륭한 작가이며, 자신이 묘사
한 작품에 대해 최고로 경탄할 만한 진정성을 느낄 수 있게
해주는 자가 바로 반 고흐 아닌가.

그림을 그린다는 것은 무엇일까? 그것에 어떻게 이르는 걸까? 그림을 그린다는 것은 우리가 **느끼는** 것과 **할 수 있는** 것 사이에 놓인 듯한 보이지 않는 철벽을 가로질러 하나의 길을 내는 행위야. 어떻게 이 벽을 관통해야 할까? 아무리 세게 두드려도 소용이 없는데. 내 생각엔 이 벽을 줄칼로 갈아야 해, 그것도 천천히, 참을성 있게 말이지.

1888년 9월 8일

나는 그림 〈밤의 카페〉에서 카페란 사람들이 흥청망청 돈을 탕진하고, 미쳐버리고, 나쁜 짓을 저지르는 공간이라는 걸 표현하려고 공을 들였어. 그래서 연한 분홍, 핏빛과 와인색의 빨강이 루이 15세 풍의 은은한 녹색, 에메랄드색과 대비를 이루도록 했어,

이 색들 사이의 대비는 또 황록색, 강렬한 청록색과도 대비되는데, 이 모든 것이 이글대는 지옥불, 희미한 유황빛 같은 분위기 속에 있지, 이를 통해 여느 선술집이 갖는 어둠의 지배력 같은 것을 표현하고자 했단다.

그렇지만 무엇보다 일본풍의 명랑함과 사람 좋은 **타르타랭**[14] 의 인상을 띠도록 했어…

1890년 7월 23일

너에게 이 도비니의 정원사를 그린 스케치를 보여줄게. 이건 내 의도에 가장 부합하는 그림들 중 하나란다. 여기에 또 오래된 초가집들이 있는 스케치와 비 온 뒤의 드넓은 밀밭을 그린 30호 짜리 스케치 두 점을 함께 보내마…

도비니 정원,[15] 전경에는 초록색과 분홍색 풀. 왼쪽에는 초록색과 연보라색 덤불과 잎사귀가 희끗희끗한 식물의 밑동. 가운데는 장미 꽃밭, 오른쪽으로는 울타리와 담장, 그리고 담장 위로 보라색 잎이 달린 개암나무. 그리고 라일락 울타리, 나란히 늘어서 있는 둥글둥글한 노란색 보리수, 뒤쪽으로는 푸르스름한 기와가 얹어진 분홍색 집. 벤치 하나와 의자 세 개, 노란색 모자를 쓴 검은 형체 하나, 그리고 앞쪽에 검은 고양이 한 마리. 창백한 초록 빛 하늘.

어쩜 이렇게 쉽게 쓰는 것 같은지!

　자! 반 고흐 그림의 장본인도 아닌 당신이 이 짧은 편지글 못지 않게 간결하게, 건조하게, 객관적으로, 오래 가게, 타당하게, 견고하게, 불투명하게, 묵직하게, 진짜배기로, 기막히게 그의 그림 하나를 묘사할 수 있는지 어디 한번 시도해보고 내게 말해 주기를.
　(차이를 가르는 기준은 크기나 경련의 문제가 아닌, 단지 개인적인 역량의 문제다.)
　그러므로 나는 반 고흐 이후로 반 고흐의 그림을 묘사하는 일은 하지 않을 것이다. 그러나 할 말은 할 것이다. 반 고흐가 화가인 까닭은 그가 자연을 다시금 그러모았고, 자연을 다시금 땀 나게, 땀 흘리게 했으며, 그 자신 이후로는 자연의 면면들을 만들어낸 요소라고 더는 믿어지지 않는 아포스트로피, 세로줄, 쉼표, 가로선 등의 기본적 요소들을 백 년에 한 번 일어날까 말까 하게 분쇄하고 지독하게 꾹꾹 눌러 묶음 묶음으로, 다채로운 색깔들로 이루어진 기념비적인 다발 다발로 자신의 여러 화폭 위에 분출시켜 놓았기 때문이라고.

현실에 작용하는 힘들 위로 일렁이는 빛의 흐름은, 장벽을 무너뜨려 끝내 역류되었다가 화폭 위에 **끌어올려지고** 받아들여지기까지, 팔꿈치로 툭툭 치는 접촉을 얼마나 많이 버텨내고, 얼마나 많은 눈길을 실제 대상에 부딪으며, 모티프를 향해 얼마나 많이 눈을 깜빡여야 했던가?

반 고흐의 그림에 유령은 없다. 환영도 환시도 없다.
그의 그림은 오후 두 시 태양의 작열하는 진실이다.
조금씩 밝혀지는, 생명의 발생과 관련된 어떤 느린 악몽.
악몽은 없다, 어떤 작용도 가함이 없다.
그러나 거기 아직 태어나지 않은 존재의 고통은 있다.

거기에서 이끌려 나올 태세인 것은 젖어서 빛나는 풀, 밀 새싹의 줄기이다.
그리고 자연은 언젠가 이를 깨닫게 되리라.

사회 또한 깨닫게 되리라, 그의 때이른 죽음을.

갸웃하게 부는 바람 아래 밀 새싹, 그 위로 쉼표처럼 놓여 있는 단 한 마리 새의 날개.[16] 대체 어떤 화가가, 엄밀한 의미에서 화가는 아닐지언정, 반 고흐처럼 대범하게, 이토록 무장 해제시키는 단순함을 지닌 특정 주제에 덤벼들 수 있겠는가?

아니다, 반 고흐의 그림에 유령은 없다, 드라마도 주체도 없고, 심지어 나는 객체도 없다고 말하리라. 결국 모티프라는 것이 무엇이란 말인가?

모테트 음악에 무겁게 깔린 말없는 고대 음악의 그림자와도 같은, 자기 자신의 절망적 주제곡의 라이트모티프와도 같은 어떤 것이 아니라면 말이다.

그것은 우리가 조금 더 가까이 다가가게 된다면 드러나 보이게 될 모습 그대로의, 순전히 보이는 그대로 발가벗은 자연에서 비롯한 것이다.

거대한 태양이 향해 있는 지붕들이 하도 햇볕에 내리 쬐여 바스라질 것 같은 그곳, 고대 이집트의 녹아내린 황금, 달구어진 청동으로 된 이 풍경이 그 증인이다.[17]

자신의 비밀을 나무 도마 위에 내어 놓고도, 나로 하여금 숨막히게 은밀한 감각, 헛된 연금술로 머리통이 열린 시체와 같은 이러한 감각을 느끼게 해주는 종말론적인, 해독 불가한, 유령 같은, 비장한 그림을 나는 알지 못한다.

이 말을 하면서 내가 떠올리는 것은 〈페르 트랑킬〉이나, 등이 굽은 노인이 넝마주이가 갈고리를 걸듯 우산을 소매에 걸고서 맨 끝에서 걸어가고 있는 가을날의 이 요상한 산책로[18]가 아니다.

나는 반질반질한 송로버섯의 검은색 날개를 가진, 반 고흐의 까마귀들을 다시 떠올린다.

나는 그의 밀밭을 다시 떠올린다. 이삭 머리 위에 또 이삭, 이거면 말 다 했지,

그리고, 그 앞으로, 부드럽게 흩뿌려진, 앙칼지고 신경질적으로 거기 듬성듬성 칠해진, 일부러 성난 듯이 점을 찍었다가 확 잡아뗀 개양귀비의 조그마한 꽃 머리 몇 개.[19]

오직 생生만이 단추를 풀어헤친 셔츠 아래 이렇게 맨살이 닿는 느낌을 느끼게 해줄 수 있고, 우리는 어째서 오른쪽보다는 왼쪽으로, 표면이 복슬복슬한 언덕 쪽으로 시선이 기우는지 알지 못한다.

그러나 이렇게 된 일, 이것이 사실이다.

그러나 이렇게 된 일, 이렇게 된 것이다.

은밀한 것은 그의 침실도 마찬가지. 그의 침실은 너무나 사랑스러운 촌티가 묻어 있고, 창문 뒤로 가려진 저 먼 풍경 속에서 흔들리는 밀, 그 밀을 절인 냄새가 배어 있는 듯하다.

촌티는 낡은 솜이불의 색깔에서도 난다. 홍합, 성게, 새우, 지중해산 성대의 붉은색, 붉게 익은 고추의 빨간색.

설령 그의 침대 위 솜이불 색깔이 실제로도 그토록 훌륭했다 한들, 분명 그것은 반 고흐의 잘못이었다. 대체 어떤 방직공이 반 고흐가 이 오묘한 빨간색 유약을 자신의 뇌 깊숙한 곳에서 화폭 위로 옮겨 놓을 줄 알았던 것과 같이 이 빨강의 기묘한 색조를 피륙에 옮겨 심을 수 있었을 텐가.

또 자기네들의 이른바 성령의 머릿속에서 황토 빛깔 금색, 그들의 몸종 "마리아"가 그려진 유리창의 한없는 파란색을 꿈꾸는 죄 많은 성직자들 가운데, 이 질박한 색깔들을 공중에서 따로 분리하고, 공간의 거들먹대는 벽감으로부터 이 색깔들을 추출해낼 줄 알았던 이가 대체 몇이나 될 것인가. 화폭 위에 가져다 댄 반 고흐의 매 붓질은 사건 축에도 못 드는 별 것 아닌 것들인지 몰라도, 이 소박한 색깔들은 모두 하나의 사건이다.

한번은 그것이, 수도원의 약주를 제대로 빚어내기 위해 필요하나 그 어떤 베네딕트회 수도사도 더는 찾아낼 도리가 없을 향유나 아로마가 한 겹 덧입혀진 정갈한 방 하나를 내놓았다.

또 한번은 거대한 태양에 으스러진 아담한 건초 더미 하나를 내놓기도 했다.[20]

이 방은 위대한 작품을 떠올리게 한다. 이 방에는 푸석푸석한 수건 한 장이, 가까이 다가갈 수는 없지만 위안을 주는 낡고 촌스러운 부적처럼 맑은 진줏빛 흰 벽에 걸려 있다.

여기에 있는 이 백묵 같은 은은한 흰색 칠은 먼 옛날의 형벌보다 더 고약하지만, 가엾고도 위대한 반 고흐의 작업이 갖는 노련한 세심함이 이 화폭에서만큼 여실히 드러난 적도 없다.

은근하면서도 비장하게 갖다 댄 붓질 한 번도 망설이는 신중함, 그것이 바로 반 고흐의 전부인 것이다. 사물들의 평범한 색깔은 너무나 정확하고, 너무나도 사랑스럽게 꼭 들어맞아서, 그 어떤 금은보화도 이 진귀함에 이를 수 없다.

반 고흐는 응당 모든 화가들 중에서 가장 진정으로 화가인 자로 남을 것이다. 작품이라는 엄정한 수단과 자신이 가진 도구라는 엄격한 틀로 한정되는 회화, 그 회화를 넘어서고자 하지 않았던 유일한 자.

또한, 자연에 대한 이 독점적 재현 속에서 반격의 힘, 심장 한가운데에서 끄집어낸 요소를 솟아오르게 만들기 위해, 자

74

연을 재현하는 관성적 행위인 회화를 절대적으로 넘어선 유일한 자, 절대적으로 유일한 자.

그는 재현 아래에서 음악이 솟아나게 만들었다. 그리고 재현 안에 신경을 가두어 놓았다. 그 음악과 신경은 자연 속에 있는 것이 아니다. 그것은 진짜 자연의 음악과 신경보다 더 진짜인 어떤 자연과 어떤 음악에서 온 것이다.

내가 이 몇 줄의 글을 쓰고 있는 순간에도 반 고흐의 핏빛 붉은 얼굴이 내게로 다가오는 것이 보인다. 갈린 배 사이로 내장이 드러난 해바라기들이 성벽처럼 늘어서 있는 곳에서,

부연 히아신스와 보랏빛 청색 풀떼기가 불똥을 튀기며 타오르는 장관 속에서.

속속들이 들여다 보이는 원자 한 톨 한 톨이 별똥별처럼 폭발적으로 쏟아지는 와중에 있는 이 모든 것,

반 고흐가 자신의 그림들을 당연히 화가로서, 그리고 오직 화가로서 바라보았으며,

바로 그 이유로 인해

그가 굉장한 음악가이기도 하다는 증거.

폭풍우를 멎게 만드는 오르간 연주자, 고통과 고통 사이 평온하고 맑게 갠 자연 속에서 그가 미소 짓고 있다. 하지만

그는 이 자연도 반 고흐와 마찬가지로 머지않아 멎어버리게 될 것임을 분명히 보여주고 있다.

반 고흐의 그림 속 자연을 본 뒤, 다른 어떤 그림을 향해 몸을 돌려 보더라도, 그 그림은 우리에게 더는 아무것도 말해줄 것이 없다. 반 고흐 그림의 격하게 몰아치는 빛은 우리가 그림에서 시선을 뗀 순간, 그 어둠의 낭송을 시작한다.

고작 화가일 뿐인, 단지 그뿐인 반 고흐,
철학도, 신비도, 의례도, 심리술도, 제식도 없이,
역사도, 문학도, 시도 없이,
그의 그을린 금빛 해바라기가 그려졌다.[21] 그것들은 더도 말고 덜도 말고 그저 해바라기처럼 그려졌다. 그러나 자연에 있는 해바라기 하나를 이해하려거든, 이제부터는 반 고흐에게 되돌아가야만 한다. 자연의 폭풍우,
비바람 몰아치는 하늘,
자연 속 벌판을 이해하기 위해서도,
우리는 이제 반 고흐에게 되돌아가지 않을 수 없으리라.

이집트나 셈족 유대 지역 평원에서처럼 비바람이 몰아치고 있었다.

어둠이 깔려 있는 것은 꼭 칼데아나 몽골, 티베트의 산악

지역 같았다. 아무도 나에게 이곳들이 자리를 옮겼다고 말해주지 않았는데.

그러나 이 유구한 보랏빛 하늘에 짓눌린, 유골 더미처럼 허연 이 밀밭인지 돌밭인지를 바라보노라면,[22] 나는 더 이상 실제로 티베트에 있는 산이 진짜라고는 믿을 수 없게 된다.

화가, 단지 화가일 뿐인 반 고흐, 그는 순전히 그림 도구만을 취했으며, 그것을 넘어서지 않았다.

다시 말해, 그는 그림을 그리기 위해 회화가 그에게 제공한 수단을 사용하는 것 이상으로 나아가지 않았다.

비바람 몰아치는 하늘,

백묵처럼 하얀 벌판,

화폭, 붓, 그의 붉은 머리카락, 물감, 그의 노란 손, 그의 이젤,[23]

티베트에서 라마승 전부가 모여들어 합심한다면야, 승려복 옷자락을 펄럭이며 그들이 반드시 대비해야 할 세상의 종말에 맞설 수도 있겠지만,

반 고흐는 종말이 닥치기 전에 미리 우리의 갈 길을 바로 잡아 주기에 딱 적당한 만큼의 섬뜩함을 지닌 그림 한 점 속에서 종말의 사산화이질소 냄새를 먼저 맡아보게 할 것이 틀림없다.

그는 어느 날 문득 모티프를 넘어서지 않기로 결심하게 되었다.

하지만 반 고흐를 보고 나면, 다른 그 무엇보다도 모티프야말로 가장 넘어설 수 없는 무언가라는 사실을 믿을 수 있게 된다.

보랏빛 뼈대를 가진 밀짚 의자 위에 불 켜진 촛대, 이 단순한 모티프가 반 고흐의 손길 아래 일련의 그리스 비극 전체 혹은 오늘날까지 무대에 한 번도 올려진 적 없는 시릴 터너나 웹스터, 포드의 극작품들보다 훨씬 더 많은 것들을 말해주고 있다.

문학적으로 말하는 것이 아니라, 정말로 나는 폭발하는 풍경 속에서 반 고흐의 핏빛 붉은 얼굴이 내게로 다가오는 것을 보았다,

kohan
taver
tensur
purtan[24]

작열하는,

피폭되는,

파열하는 풍경 속에서,

가여운 미치광이 반 고흐가 평생 제 목에 걸고 살았던 연자 맷돌에 복수를 가하는 풍경들.

무엇을 위해서인지도 어디를 향해서인지도 모른 채 그림을 그리는 것으로 짊어진 돌덩이.

여기 이 세상을 위해서가 아닌 것이다,

결코 여기 이 지상을 위해서가 아닌 것이다, 우리 모두가 으레 일하고,

싸우고,

두려움에, 배고픔에, 비참함에, 미움에, 추문에, 역겨움에 울부짖었던 것은,

단지 여기 이 세상의 마력에 홀린 것임에도,

우리 모두가 그 독성에 잠식되어 버린 것은,

그리고 결국 우리가 자살당하게 된 것은,

그도 그럴 것이, 우리는 모두 바로 이 가엾은 반 고흐처럼, 사회에 의해 자살당한 자들이지 않은가!

반 고흐는 그림을 그리면서, 이야기는 하지 않기로 했다. 하지만 놀라운 점은, 단지 화가일 뿐이며,

다른 화가들보다 더 화가다운 이 화가에게 가장 중요한 것이란 그림 재료, 그림·그리기 그 자체와 더불어,

튜브에서 짜낸 그대로의 물감과,

한 올 한 올 물감을 찍어 바르는 붓촉의 콕콕댐,

자신만의 태양 속에서 돋보이는 대로 색을 칠하는 붓질,

화가가 사방에서 짓누르고 휘젓느라 물감과 함께 휘감겨 오르고 춤추며 불꽃처럼 튀는 붓 끝으로 새기고 또 새긴 점, 쉼표, 'i'라는 것,

그러니까 놀라운 점은, 고작 화가일 따름인 이 화가가 또한 이 세상에 태어난 모든 화가들 중에서 유일하게, 지금 우리가 상대하고 있는 것이 그림이라는 사실,

우리가 지금 그가 선택한 모티프를 표현하려는 회화와 상대하고 있다는 사실을 가장 까맣게 잊어버리게 만드는 자이자,

그의 도취된 붓에 들볶인 꽃, 그 붓이 사방으로 베고 짓눌러 난도질한 풍경이 지닌 불가사의함 그 자체, 그 순수 불가사의를 우리 앞에, 고정된 화폭의 전면에 불러들이는 자라는 점이다.

그의 풍경들은 아직 최초의 종말도 맞지 않은 오래 묵은 죄이나, 반드시 종말을 맞게 될 것이다.

어째서 내게는 반 고흐의 그림들이 이처럼, 결국엔 그의

태양들이 기쁘게 다 뜨고 비추고 지고 난 뒤일 것이 분명한 어떤 세상의 무덤 저편에서 보이는 듯한 느낌을 주는 것일까?

사실 이것은 반 고흐의 꽃들과 경련하는 풍경들 속에서 살다 죽는, 언젠가 우리가 영혼이라 불렀던 것의 역사가 아닌가?

영혼은 자신의 한쪽 귀를 육체에 주었고, 반 고흐는 그것을 자기 영혼의 영혼에 되돌려주었으니,

그것을 어떤 여인에게 주었다고 하는 것은 이 섬뜩한 환상에 살을 붙이기 위함이다.

언젠가 영혼이 존재하지 않던 때가 있었다,

정신도 마찬가지였다,

의식에 대해 말하자면, 어느 누구도 그것에 대해 생각하지 않았다,

그런데 더군다나, 오로지 무너지자마자 재건되는, 전쟁 중의 요소들로만 이루어진 세상에서 생각이라는 것은 어디에 있었나,

생각은 평화의 사치가 아닌가.

어떤 화가가 탁월하기 그지없는 반 고흐보다, 진짜배기 풍경이란 그것이 다시 태어나게 될 도가니 속에서 잠재적인 상

태로 존재하는 것이라고 생각하는 그보다, 문제의 중차대함을 더 잘 이해했겠는가.

그리하여, 노련한 반 고흐는 왕이요, 그가 잠든 사이에 그에 대적하여 희한한 죄가 꾸며졌으니,

그 죄는, 제 참됨을 채우기 위해 예술가를 산채로 잡아먹는 것 말고는 할 줄 아는 것이 아무것도 없었던 인류, 그 인류가 지은 죄의 본보기이자 온상이자 동력인, 튀르키에 문화[25]라고 불리는 죄다.

인류는 참됨을 채우기는커녕, 의례적으로 제 비겁함을 받들어 모시기만 할 뿐이었다!

인류는 어떤 폭풍우도 더 이상 해할 수 없을 하나의 육체를 끄집어내기 위해 현실을 구성하는 힘들과의 이 자연스러운 접촉 속으로 들어가려고 하지 않는다, 즉 애써 생을 살아내려고 하지 않는 것이다.

인류는 늘상 그저 목숨을 부지하는 데 만족하는 것을 더 좋아했다.

생에 대해 말하자면, 인류는 늘 그렇듯 예술가의 천재성에서 생을 찾으려 한다.

그런데, 단지 손 하나만을 태워 먹었을 뿐인 반 고흐는 생을 살아내기 위해, 그러니까 그저 명줄을 잇는다는 생각으로부터 생을 살아낸다는 사실을 빼앗아 내기 위해 결코 전쟁

을 겁낸 적이 없다,

그리고 사람들은 모두 존재하려는 수고를 하지 않고도 당연히 목숨을 부지할 수 있고,

미치광이 반 고흐처럼 빛을 내뿜고 번쩍이려 애쓰지 않고도 존재할 수 있다.

이것이 바로 범죄를 기원과 지지대로 삼는, 겉보기에만 참된 튀르키예 문화를 실현하기 위해 사회가 그에게서 앗아간 것이다.

그리하여 반 고흐는 이렇게 자살당해 죽었다, 한 뜻으로 공모한 이 땅의 모든 의식이 더 이상 그를 견딜 수 없었기 때문이다.

정신과 영혼, 의식과 사유는 없었어도,

뇌산염과,

달아오른 화산,

신들린 돌멩이,

인내심,

인파선염,

농익은 종양,

살갗이 벗겨진 자리에 남은 딱지는 있었다.

반 고흐 왕은 자신의 건강이 들고일어날 다음 번 경고 징

후를 가슴에 품고서 잠들어 있었다.

들고일어난다니, 어떻게 말인가?

건강이란 딱지 않은 수많은 상처들을 통해 적응을 끝낸 고통의 과잉, 생을 살아내겠다는 뜨거운 열의의 과도함이라는 사실, 그래도 생을 살아내게끔 해야만 한다는 사실을 일러줌으로써,

자기 자신을 영원히 살도록 이끌어야만 한다는 사실을 고함으로써.

달아오른 폭탄 냄새를 맡아보지도, 아찔한 현기증을 느껴보지도 못한 사람은 마땅히 살아 있다고 할 수 없다.

이것이 가련한 반 고흐가 이글대는 불꽃으로 표명하고자 했던 위안이다.

그러나 그의 주위에 도사리고 있던 악이 그를 고통스럽게 했다.

그 튀르키에 사람이 좋은 사람 같은 낯을 하고는 뱃속 총탄praline을 끄집어내기 위해 반 고흐에게 슬그머니 다가왔는데,

이는 사실 반 고흐의 내부에서 형성되고 있던 (천연) 사탕praline을 떼어가기 위해서였다.

그리하여 반 고흐는 천 번의 여름을 놓쳤다.

그로 인해 그는 서른일곱 살에 죽었다,

제대로 생을 살아내기도 전에,

왜냐하면 그가 모아 놓은 힘들을 그가 경험해보기도 전에 원숭이 떼가 홀랑 다 써먹어버렸기 때문이다.

반 고흐를 되살리기 위해 이제 그 힘들을 되돌려 주어야만 할 것이다.

비겁한 원숭이와 오줌싸개 개로 이루어진 인류 앞에서, 반 고흐의 그림은 영혼도 정신도 의식도 사유도 없이 차례차례 얽혔다 풀렸다 하는 일차적 요소들만이 있었던 어떤 시절의 그림으로 남게 될 것이다.

거친 경련, 광폭한 트라우마의 풍경들은 마치 정확한 건강 상태에 이르기 위해 발열 중인 어떤 육체를 떠올리게 한다.

살가죽 아래 육체는 하나의 과열된 공장이다,

그 바깥에서,

병든 자는 반짝이고 있다,

그는 빛을 뿜어내고 있다,

벌어진

모공 하나하나에서부터.

반 고흐의

정오의

풍경도 그렇다.

오직 영원히 계속되는 전쟁만이 평화란 단지 잠깐 왔다
가는 것일 뿐임을 알려준다,

홀러넘치기 직전의 우유가 그것이 끓고 있던 냄비가 얼마
나 뜨거운지를 알려주는 것처럼.

소용돌이 치다 잔잔해진,

경련하다 잠잠해진 반 고흐의 아름다운 풍경들을 조심하
시라.

그것은 고열로 앓고 또 앓는 그 잠깐 사이의 건강함이다.

그것은 건강이 들고일어났다 또 들고일어나기 전, 그 사이
의 발열이다.

언젠가 열병과 건강으로 무장한 반 고흐의 그림은

그의 심장이 더는 견딜 수 없었던 철창 속 세상의 먼지를
공중에 흩뿌리러 돌아올지니.

추신

나는 다시금 까마귀 떼 그림을 떠올려본다.

이 그림에서만큼 대지가 바다와 꼭 닮은 것을 누가 이미
눈치챘던가.

반 고흐는 모든 화가들 중에서도 우리를 실오라기까지 보

일 정도로 낱낱이, 그러나 꼭 어떤 강박을 걷어 발기듯이 그렇게, 까발리는 자이다.

사물을 사물 그 자체와는 다른 별개의 무엇으로 만들려는 강박, **그 별개의 것**이라는 죄를 결국엔 감행하려는 강박 말이다. 그 강박을 걷어버린다면, 대지는 바닷물 색깔을 가질 수 없는데, 하지만 반 고흐가 호미질 하듯 일구어 놓은 대지는 꼭 바닷물 같다.

그는 자신의 화폭을 포도주 찌꺼기 색깔로 우려냈다. 그래서 그의 땅은 포도주 냄새를 풍기고, 파도치는 밀밭 한가운데에서 여전히 출렁이고 있으며, 온 사방의 하늘에서 쌓여가는 낮은 구름들을 향해 거뭇거뭇한 닭 벼슬을 치켜들고 있다.

그러나 내가 이미 말했듯, 이 그림이 전하는 이야기가 을씨년스러운 만큼이나 까마귀들이 그려진 방식은 호사스럽다.

사향과 질 좋은 감송, 마치 한 상 그득한 저녁상에 차려진 것 같은 송로버섯의 색깔.

보랏빛으로 물들어가는 하늘의 일렁임 속에서, 노인의 머리처럼 아스라이 피어오르는 두세 가닥의 연기는 종말에 대한 예감으로 얼굴을 찌푸리게 만들지만, 반 고흐의 까마귀떼가 거기에 있어, 그 연기 가닥들을 보다 더 점잖게, 그러니까 보다 덜 영적으로 이끈다.

이것이 반 고흐가 존재함으로부터 해방되는 바로 그 순간에 그린, 낮게 짓눌린 하늘이 있는 이 그림을 통해 말하고자 했던 것이다, 그도 그럴 것이 이 그림은 탄생, 결합, 죽음의 거의 경건하기까지 한 묘한 색을 지니고 있는 것이다,

나는 대지 위에서 까마귀 떼가 날갯짓으로 두드려 내는 커다란 심벌즈 소리를 듣는다. 반 고흐는 이제 이 대지의 너울을 품지 못할 것이다.

그리고 이어진 죽음.

생레미의 올리브 나무들.[26]

태양의 사이프러스.[27]

침실.

올리브 따기.[28]

알리스캉.

아를의 카페.[29]

다리. 거기에서 우리는 반 고흐의 우악스러운 힘에 붙들

려 돌연 어린 시절로 돌아간 듯 물속에 손가락을 담가보고 싶어진다.

물은 파랗다,

물의 파란색이 아니라,

물감의 파란색으로 파랗다.

자살당한 미치광이가 그곳을 지나며 그림 속의 물을 자연에 돌려주었거늘,

그에게 물을 돌려줄 이는 누구일 것인가?

반 고흐가 미쳤다고?

한때 사람의 얼굴을 제대로 들여다볼 줄 알았던 이가, 반 고흐가 그린 반 고흐의 초상화를 들여다보라. 지금 내가 떠올리는 그림은 중절모를 쓴 반 고흐의 자화상이다.[30]

더할 나위 없이 총명한 반 고흐가 그린 이 빨강 머리 푸줏간 주인의 얼굴이 우리를 살피고 엿보며, 또한 매서운 눈초리로 우리를 뜯어보고 있다.

나는 이토록 위압적인 힘으로 사람의 얼굴을 뜯어보고 마치 칼로 해부하듯 그로부터 결정적 심리를 해부해낼 줄 알았던 정신과 의사를 단 한 명도 알지 못한다.

반 고흐의 눈은 위대한 천재의 눈이다. 그림 속에서 불쑥 튀어나온 그가 다름 아닌 나를 해부하고 있는 것을 보노라

면, 내가 지금 그의 내면에 살아 있다고 느끼는 것은 더 이상 어떤 화가의 천재성이 아닌, 내가 살면서 단 한 번도 만난 적 없는 어떤 철학자의 천재성이다.

아니다, 소크라테스는 이런 눈을 가지고 있지 않았다. 분명 반 고흐 이전에 오직 가엾은 니체만이 정신의 꼼수들 바깥에서 영혼을 까발리는, 영혼으로부터 육체를 해방시키고 인간의 육체를 발가벗기는 이런 눈을 가지고 있었다.

반 고흐의 시선은 꽉 조여져 매달려 있다. 그것은 그의 얇디얇은 눈꺼풀, 그의 가늘고 빳빳한 눈썹 뒤에 한 겹 유리처럼 끼워져 있다.

그것은 쑥 파고드는 시선이다. 그것은 네모지게 잘 잘린 나무 토막처럼 낫도끼로 패인 이 얼굴 속으로 꿰뚫고 들어간다.

그런데 반 고흐는 눈동자가 허공 속으로 흘러 들어가는 순간을 포착했다,

그 순간 별똥별이 터지듯 우리에게 와 닿는 이 시선은 공허와 공허를 채우는 관성의 멀건 색깔이다.

위대한 반 고흐는 이 세상 그 어떤 정신과 의사보다도 더 정확하게 자신의 병이 어디에 있는지를 알고 있었다.

나는 뚫고 붙들고 살펴보고 매달리고 연다, 내 죽은 삶은 아무것도 숨기지 않는다, 게다가 무無는 결코 어느 누구도 아프게 하지 않았다, 나로 하여금 어쩔 수 없이 내면으로 되돌

아가게 만드는 것, 그것은 바로 나의 내면을 통과하며 이따금 나를 사로잡는 이 애석한 부재이다, 그러나 나는 이 부재 속에서 똑똑히, 아주 똑똑히 본다, 나는 심지어 무無가 무엇인지 알고 있으며, 그 안에 무엇이 있는지 말할 수도 있으리라.

그리고 반 고흐가 옳았다, 우리는 무한을 위해 살 수 있다, 오직 무한에만 만족할 수 있다, 이 땅에는, 그리고 이 땅의 여러 차원에는 수많은 위대한 천재들을 만족시킬 수 있을 만큼 충분한 무한이 있다, 만약 반 고흐가 그것으로 자기 삶 전체를 찬란하게 비추고 싶은 욕망을 채우지 못했다면, 그것은 사회가 그에게 무한을 금했기 때문이다.

단호하게, 그리고 고의적으로 금했기 때문이다.

언젠가 반 고흐에게 사형을 집행한 자들이 있었다, 제라르드 네르발과 보들레르, 에드거 포, 로트레아몽에게 사형을 집행한 자들이 있었던 것처럼.

언젠가 그에게 이렇게 말했던 사람들.

반 고흐, 이제 그만 작작 좀 하고, 관짝으로 썩 꺼져버려, 네 천재성이라면 우리는 아주 신물이 난다고, 무한이라면, 그건 우리 거야.

반 고흐가 죽은 것은 무한을 찾으려 애썼기 때문이 아니다, 그가 비참과 질식으로 숨막히는 지경에 놓였던 것은,

그가 살아 있을 때조차 그가 갖지 못하게 무한을 점유하던 한 떼거리의 사람들 전부가 그에게 무한을 허락하지 않았기 때문이다.

혹여 군중의 금수 같은 의식이 결코 그림이나 시와는 하등 상관도 없는 문란한 난장판을 벌이고자 무한을 가로채가려고 하지 않았다면, 반 고흐는 평생 동안 생을 살아내기에 넉넉한 만큼의 무한을 발견할 수 있었을 것이다.

더욱이, 우리는 혼자서 자살하지 않는다.

절대 아무도 혼자 태어나지 않는다.

또한 아무도 혼자 죽지 않는다.

그런데 자살의 경우처럼 육체가 자신의 생을 스스로 박탈한다는, 본성에 반하는 행위를 결심하게 하려면 한 패거리의 나쁜 존재들이 필요하다.

그래서 나는 우리가 스스로 생을 단념하는 죽음의 마지막 순간에 언제나 우리에게서 우리의 생을 빼앗아 가려는 다른 누군가가 있다고 생각한다.

그리하여 이렇게, 반 고흐는 스스로를 단죄했다, 이미 생을 살아내는 일을 그만두기로 한 뒤였기 때문에, 동생에게 보낸 편지들에서 엿볼 수 있듯, 동생에게 아들이 태어난 상

황에서,

동생이 먹여 살리기에는 자기 자신이 너무 부담스러운 존재라고 느꼈기 때문에.

그런데 무엇보다도 반 고흐는 이 무한과 기어이 합류하기를 바랐다. 그가 말하기를, 우리는 어느 별에 이르기 위해 기차에 몸을 싣듯,

삶을 끝내기로 단단히 결심한 날 이 무한을 향해 몸을 싣는다.[31]

그런데, 반 고흐에게 일어난 죽음이라는 사건에서 실제로 일어난 일은 이렇지 않았을 것이라고 생각된다.

반 고흐는 먼저 그에게 조카의 탄생을 알린 동생에 의해 세상으로부터 쫓겨나게 되었고, 그 다음으로는 어느 날, 의사로서 반 고흐가 잠자리에 드는 것이 더 나을 것 같다고 생각했으면서도 그에게 휴식과 고독을 권하는 대신 풍경화를 그리라며 밖으로 내보낸 가셰 박사에 의해 세상에서 추방된 것이었다.

사실 사람들은 순교 당한 자, 반 고흐의 기질과 같은 영민함과 감수성에 그렇게 직접적으로 어깃장을 놓지는 않는 것이다.

여느 때와 다를 바 없는 날, 아주 별 것 아닌 반박 하나 때

문에 죽음을 선택하는 의식들이 있다. 이렇게 되는 데에 꼭 광인, 그러니까 좌표화되고 목록화된 광인이어야 할 필요는 없다. 반대로, 건강한 상태인 데다가 제 딴에 이유가 있기만 하면 족하다.

이와 비슷하게, 나로 말하자면 그토록 수도 없이 들어야 했던 말, "아르토 씨, 당신 미쳤군요"라는 말을, 더 이상 나쁜 짓도 하나 저지르지 않고는 들어주지 못할 것이다.

반 고흐는 그 말을 들었다.

그리하여 그의 목에 이 피의 매듭이 동여매져 그를 죽인 것이다.

추신

반 고흐와 주술, 저주에 대해 말하자면, 두 달 전부터 오랑주 리에서 열리고 있는 반 고흐 작품의 전시회장 앞에 줄지어 선 그 모든 사람들은 1946년 2월, 3월, 4월, 5월 매일 저녁 그 들이 무엇을 했는지, 그리고 무슨 일이 자신들에게 일어났는 지 똑똑히 기억하는가? 대기와 거리의 기류가 묽어지고 끈 적끈적해지고 불안정해졌던, 별빛과 하늘의 빛이 사라졌던 어떤 밤이 있지 않았던가?

그때 아를의 카페를 그린 반 고흐는 거기 없었다. 하지만 나는 로데즈에 있었다, 그러니까 나는 아직 이 땅에 있었다. 그때 파리에 사는 모든 이들은 분명 하룻밤 사이에 이 땅을 거의 떠날 뻔했다는 느낌을 받았을 것이다.

그런데 바로 그들이 널리 퍼진 어떤 몹쓸 짓에 오래전 한마음 한 뜻으로 동참하지 않았던가? 파리 사람들의 의식이 한두 시간 동안 정상적인 차원을 떠나, 내가 9년 동안 정신병원에 입원해 있으면서 수차례나 증인 이상으로 겪었던, 이 엄청나게 폭주하는 혐오의 일부를 다른 사람에게 전가한 바로 그 몹쓸 짓 말이다. 이제 그 혐오는 한밤중에 싹 치워지듯 잊히고 말았지만, 저열한 돼지 같은 영혼을 수도 없이 면전에 노골적으로 드러내 보였던 그때 그 사람들이 지금 반 고흐 앞에 줄지어 서 있는 것이다. 반 고흐가 살아 있을 때는 그들 혹은 그들의 어미와 아비가 그토록 그의 목을 비틀어 댔으면서.

그런데 내가 말하는 그 저녁들 중 어느 저녁, 포포카테페틀 화산에서 최근에 일어난 폭발[32]처럼, 마튀랭 가로 꺾이는 마들렌 대로에 거대한 흰 돌이 떨어지지 않았던가?

부록

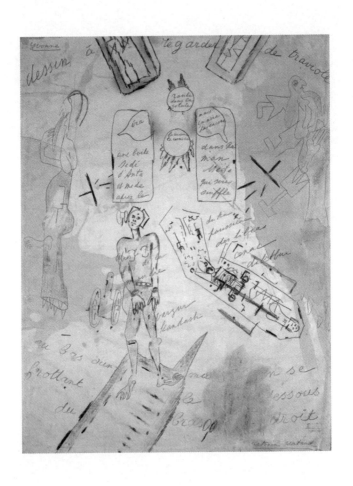

앙토냉 아르토
〈존재의 기계 혹은 삐딱하게 봐야 할 그림
La machine de l'être ou dessin à regarder de traviole〉
종이에 연필과 유성 색연필, 60 × 50cm, 1946년 1월

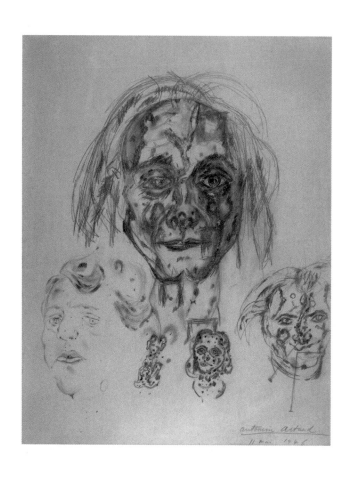

앙토냉 아르토
〈자화상Autoportrait〉
종이에 연필, 63×49cm, 1946년 5월 11일

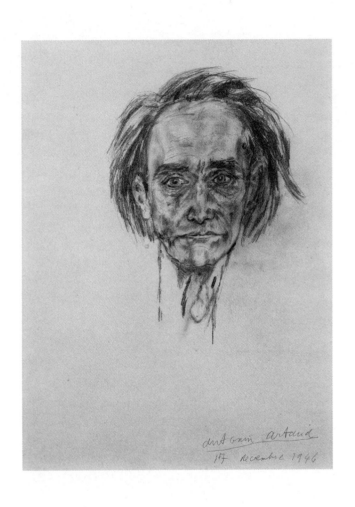

앙토냉 아르토
〈자화상Autoportrait〉
종이에 연필, 62×46cm, 1946년 12월 17일

앙토냉 아르토
〈폴 테브냉의 초상화, 또는 쇠꼬챙이를 단 폴 Paule aux ferrets〉
종이에 연필과 색연필, 64×52cm, 1947년 5월 24일

앙토냉 아르토
⟨자화상Autoportrait⟩
종이에 연필과 색연필, 55×43cm, 1947년 6월 24일

앙토냉 아르토
⟨자화상Autoportrait⟩
종이에 연필, 64×50cm, 1947년 12월

앙토냉 아르토
〈무제 Sans titre〉
종이에 연필, 63×49cm, 1948년 1월

"이 그림은 오늘날에 이르기까지도 결코 예술로 받아들여지지 않았던 무언가에 생生과 존재를 부여하기 위한 하나의 중대한 시도이다. 화폭 표면을 망쳐버리기, 그토록 오랜 영원이 지나는 내내 꼭 맞아떨어지려 애썼으나 결국 그 하나의 사유 주위에서 무너져 내리고 마는 형태들이 지닌 딱한 서투름. 페이지는 더럽혀지고 망쳐지며, 종이는 구겨지고, 인물들은 아이의 의식으로 그려진다."[33]

"나의 그림들은 그림이 아닌 문서이다.

그것을 바라보며 그 안에 있는 것을 이해해야 한다.

오직 예술적 관점 혹은 진실된 관점으로만 판단한다면 이는 그럴싸하고 성공적인 주제일 텐데, 사람들은 이렇게 말할 것이다. 참 괜찮은 그림이군, 그런데 손재주 면이나 기술적인 면에서 제대로 배운 게 부족하네. 아르토 씨는 그림을 그리는 사람으로서 그저 초보자에 불과해, 그에게는 10년 간의 개인적인 수련이나 미술대학 수업이 필요하겠어.

이는 틀린 소리다. 왜냐하면 나는 10년 동안 나의 온 실존의 과정에서 그림을 공부했으나, 전형적인 그림에 절망했기 때문이다."[34]

갤러리스트 피에르 뢰브Pierre Loeb는 1947년 1월 오랑주리 미술관에서 반 고흐의 전시가 열리자 아르토에게 반 고흐에 관한 글을 써보라고 권유했고, 그해 2월에는 자신이 운영하는 갤러리에서 아르토가 그린 그림들로 전시회를 열자고 제안했다. 그리하여 1947년 7월 4일부터 20일까지 파리 6구에 위치한 갤러리 피에르Galerie Pierre에서 〈앙토냉 아르토가 그린 초상화와 데생Portraits et dessins par Antonin Artaud〉전시회가 열렸다.

아르토는 전문적으로 그림을 배운 적은 없었으나, 연기하는 사람, 글 쓰는 사람인 만큼이나 그림을 그리는 사람이었다. 그의 남겨진 그림들 가운데 가장 초기 그림의 창작 연도는 1915년, 그의 나이 19세 때로 거슬러 올라간다. 그림에 대한 그의 관심은 1920년대 초 파리 상경 초기에 분명하게 드러난다. 이 무렵 아르토는 한 잡지에 다음과 같이 썼다. "우리는 왜 그림을 그릴까? 우리는 이론을 검증하기 위해서가 아니라 무언가를 말하기 위해 그림을 그린다. 그리고 말해야만 하는 것, 우리는 그것을 오직 우리를 둘러싼 형태들을 통해서만 말할 수 있다. 우리가 무언가를 말할 때, 사실은 그 형태들이 우리에게 말하고 있는 것이다."[35] 청년 아르토의 이러한 회화관은 1947년 그가 자신의 그림을 통해 진정 도달하고자 했던 목표와 크게 다르지 않아 보인다. "내가 그린 초상화들에서, / 나는 우선 코와 입, 눈 두 개와 양쪽 귀, 머리카락을 잊어버리지는 않으려 했으되, / 앵그르나 홀바인의 머리에서는 죽어 있는 것처럼 처리되었던 오래된 인간사의 / 비밀을 / 내게 들려준 적 있던 얼굴이 스스로 직접 말을 하게 만들 방법을 모색했다."(124쪽)

형태가 들려주는 말을 전하기 위해, 형태가 스스로 말하게 만들기 위해, 아르토는 형태를 망쳐버리거나 일부러 서툴게 그리거나 뜻 모를 기호나 글씨를 끼워 넣거나 심지어 종이의 일부를 찢고 태우는 것도 주저하지 않았다. 그리하여 이제 그에게 화폭의 표면은 잔혹극 의 무대 그 자체가 된다. 또한 이는 그가 생의 언어 혹은 잔혹의 언어 에 이르기 위해 분절 언어를 잘게 부수어 언어 바깥의 이상한 소리인 방언을 지어냈던 것을 떠올리게 한다. 연극에 잔혹을 가함으로써 연 극하고, '문학'을 모독함으로써 문학했던[36] 아르토는, 이렇게 그림을 망침으로써 그림 그렸다. 아니, 1945년 초 자신의 그림을 "쓰인 그림 dessins écrits"라 일컬었던 그의 말을 빌리자면 그림을 '그린 것'이 아니 라 '썼다'. 그에게 시와 그림은 삶과 연극처럼 서로가 서로에게 이중 이고 분신이기에, 삶은 연기하고 연극은 살아내듯 시는 그리고 그림 은 쓴다.

뒤이어 소개하는 다섯 편의 글은 〈앙토냉 아르토가 그린 초상화 와 데생〉 전시를 위해 아르토가 1947년 5월에서 7월 사이에 쓴 것이 다. 7월 4일 저녁 전시회 개막식과 7월 18일 폐막식 때 아르토가 쓴 이 글들은 각각 배우 콜레트 토마Colette Thomas와 로제 블랭Roger Blin, 작가 마르트 로베르Marthe Robert가 낭독했다. 폴 테브냉에 따르면 7월 4일 개막식에서 콜레트 토마가 〈배우를 미치게 만들기〉를, 마르트 로베르가 1943년 12월 말 로데즈 정신병원 수감 중 아르토가 정신과 의사 가스통 페르디에르 박사에서 편지 형식으로 써보냈던 글 〈타라 우마라족의 페요틀 의식Rite du Peyotl chez les Tarahumaras〉을 낭독했고,

후자의 글이 낭독될 때 아르토가 숨어서 중간중간 비명을 지르거나 소음을 냈다. 7월 18일 폐막식에서는 아르토가 직접 〈연극과 과학〉을 낭독한 뒤 콜레트 토마와 마르트 로베르가 개막식에서 각자 자기가 맡았던 글을 다시 낭독했으며, 끝으로 아르토가 1946년 11월에 써둔 〈인디언 문화La culture indienne〉를 로제 블랭이 낭독했다. 에블린 그로스만Évelyne Grossman에 따르면 전시회의 개막식과 폐막식에서 낭독된 글은 〈배우를 미치게 만들기〉와 〈연극과 과학〉, 그리고 〈갤러리 피에르에서 낭독하기 위해 쓴 세 편의 글〉이다. 우리는 이 가운데 《선집》에 수록된 세 편, 〈배우를 미치게 만들기〉와 〈갤러리 피에르에서 낭독하기 위해 쓴 세 편의 글〉, 〈연극과 과학〉을 소개한다. 그리고 전시회 카탈로그에 수록된 〈사람의 얼굴〉과 이 글의 초고도 함께 소개한다. 이 다섯 편은 《선집》에 실린 순서대로, 달리 말해 집필 순서대로 수록했다.

배우를 미치게 만들기

연극은

인간의 해부학을 붙잡아

그것으로 삶을 치유하고 다스리는

　　　상태,

　　　장소,

　　　지점이다.

그래, 생生을, 그것의 흥분, 울부짖음, 꾸르륵댐, 텅 빈 구멍,

가려움, 홍조, 멈춘 순환, 핏빛 소용돌이, 피의 성마른 돌진,

기분의 매듭,

　　　회복,

　　　망설임까지도.

이 모든 것이 사지 중 하나에서 인지되고 식별되고 탐지되

고 조명된다,

　　　　　　그리고 배우 한 명의

　온 육체와 다름 없는 이 굉장한 페티시, 이 살아 있는 페티
시의 팔다리처럼,

　사지를 활동 상태에 둠으로써, 그러니까 발작적 활동 상태
에 둠으로써,

　　　　　　우리는

　　　　　　날것의

　　　　　　생을 볼 수 있다,

　투명하게, 가장 먼저 생겨난 생의 힘들, 한 번도 사용되지
않은 생의 위력들이 지켜보는 와중에 말이다,

　그 힘들은 아직 쓰이지 않았다, 그래, 신경질적이고 원기
왕성한 중력을 다시금 바로 잡기 위해 진정한 연극을 만들어
낸 적 있던 제멋대로의 창조성을 교정하는 데, 아직은 쓰이
지 않았다.

　그렇다, 우주의 중력은 하나의 지진, 하나의 섬뜩한 열정
적 돌진,

　　　　　　그것은 교정된다,

　　　　　　열광도,

　　　　　　히스테리도,

　　　　　　신들린 상태도 아닌,

날 선 칼날 끝에 서 있는, 제 노력의 경계 지어진 범위 가운데 맨 끝이자 가장 극단의 단면에 서 있는

어느 배우의 팔다리상에서.

한 막 또 한 막,

배우는 펼쳐낸다,

그는 벽들을, 생의 노여움이 박힌 외피의 열정 어리고 생명력 터져 넘치는 면면을 늘어놓기도 접어보기도 한다.

근육 근육 마다,

체계적으로 트라우마 입은 배우의 육체에서, 우리는 퍼져가는 우주적 충동들을 포착할 수 있고, 이것들을 배우의 그 육체상에서 교정할 수 있다.

이것은 언젠가 오르페우스교나 엘레우시스 밀교 시절에 나타날 수도 있었을 기술이지만 그러지 못했다, 왜냐하면 이 시절에는

연극 전체가 요청하는 이 새롭고 고동치는 **잽싼** 해부학을 구성하고 **설립**하는 것보다,

　　　　모든 인간에게

　　　　신을,

　　　　잘게 썰린 신을 내어주는,

저급하게도 인간적인 인간에게 사물들의 쓰이지 않은 숨결 전체를 나누어 주는,

하나의 낡은 범죄를 완수하는 것이 더 중한 문제였기 때문이다.

그렇다, 인간은 적당한 때가 되면 화덕 속 날랜 불꽃처럼 파다닥 튀며 공중으로 흘러 들어갈, 뼈만 남은 새로운 육체를 필요로 할지도 모를 일이었다.

연극은 인간의 해부학적 구조를 마구 헤집었던 이 힘, 최초의 뼈대가 떨어져 나왔던 본디 불씨의 바로 이 혈기,

이 터져 버린 성깔의 힘,

원래의 뼈다귀를 녹여버린 이 일종의 신경질적 종양이었다.

그리고 떠올릴 수 있는 모든 뼈대들을 리듬을 타며 마구 휘저음으로써 연극의 선천적 힘은 인류를 불태웠다.

바로 거기에서 인간과 생은 이따금 스스로를 쇄신했다.

그러니까 어디에서?

인간 육체의 심원한 유기적 감각이 공교로이 찰과상을 입은 몇몇 상처 부위에서.

신들림 없이,

외침의 특정 리듬에 맞춘 강하고 체계적인 헐떡임에 의해,

배우의 반짝이는 생은 그의 깊은 혈관 속에서 발가벗겨졌다,

거기 근육이나 뼈는 없었다,

근육이나

뼈에 관한 지식도 없었고,

다만 나무처럼 꼿꼿한 어느 뼈대만이 드러나 보였으니,

그것은 발가벗겨져 속속들이 들여다보이는 어느 몸 전체였고,

그것이 말을 하는 것 같아 보였다.

　　"조심해,

　　　그 밑으로 비켜

　　　똥을 쌀 거야

　　　폭발할 거야."

그리고 실상 연극은 인류를 위태롭게 한 모든 것, 존재하는 것처럼 보이고 싶었던 모든 것의 수난이었다.

그러한 상태에서는 목숨을 부지할 수 없었다, 만일 사전에 우리가 동의하지 않았다면, 정의된 대로, 그리고 본질적으로 돌이킬 수 없는 미치광이가 되기로.

부러지는 팔다리, 갈라지고 터지는 신경,

피 흘리며 골절되는 뼈, 이들이 가능성의 뼈대로부터 이처럼 떨어져 나가겠다 아우성 치는, 연극이란 이렇게 절대 뿌리 뽑아낼 수 없이 거품을 내며 들끓는 신기루요,

그것은 영감과 주제를 위해 폭동과 전쟁을 예비해 두고 있다.

그런데 미치광이가 된다는 것은 무엇인가?

　　　　그것은

작금의 멍청하고 방탕한 인간마냥, 섹스를 만들어낸,

　　　　오장육부의

　　　　반反-연극적인 와해, 바로 이 상태,

　　　　현재 육체의

　　　　정태적이고

　　　　친親-창자적인 외설화, 그러니까 바로 이러한 상태에 굴복하기를 용인하지 않았음을 뜻한다.

　　자석에 딸려가듯 뿌리 뽑혀지는 육체, 근육의 잔혹한 찰과상, 파묻힌 감각의 충격, 진정한 연극을 구성하는 이것들은

　　　　성적인 삶을 이루는

　　　　요강 주위를 다소 오랫동안, 어쨌건 맥없이 음탕하게 서성거리는 이러한 방법과는 조화롭게 어울릴 수 없다.

　　진정한 연극은 훨씬 더 덜컹거린다,

　　그것은 훨씬 더 미쳐 있다.

　　　　존재하지 않는 것,

　　　　없는 것에 모든 것을 내어주고

　　존재하는 것, 보이는 것,

　　　　식별되는 것에는 아무것도 주지 않는 심장, 활짝 열어젖힌 그 심장의 경련 상태,

　　우리는 거기 남아 머무를 수 있다.

그러나 누가

　　오늘날

　　미치광이로

　　남기

　　위해 상처를

　　요구하는

것 안에서

　　살고 싶어 하겠는가.

앙토냉 아르토

1947년 5월 12일.

　추신 ─ 인간의 살 없는 뼈대로 된, 계제 나쁘게 생겨난 단
단한 숯, 초인의 그것은 어느 날 생겨나 곧 영원히 어디에나
존재하게 될 것이다, 해도 달도 더는 없이 속 빈 혀들, 죽음의
무도 속 해골의 말라 오므라진 혀들에 난 두 개의 구멍에 화
답하기 위해 타닥타닥 타는 숯불 발가락 두 개만이
　영원히
불타는 등대처럼 존재하게 될 그때.

사람의 얼굴은 임시적으로···✦

사람의 얼굴은 임시적으로,

그러니까 임시적으로,

남아 있는 모든 것,

주장하고 남은 모든 것,

지금은 존재하지 않으며, 단 한 번도 이 얼굴과 어울린 적 없었던 어떤 몸을 **혁명적으로** 주장하고 남은 모든 것이다.

그러니 누구라도 내게 와서 내가 그린 얼굴들이 교과서적이라고 말하지 말기를.

장 뒤뷔페[37] 씨가 소위 회화적이라는 얼굴의 실제 구조에

✦ 〈앙토냉 아르토가 그린 초상화와 데생〉 전시의 카탈로그에 실린 〈사람의 얼굴〉의 초고로 제목이 없다. 1947년 6월에 쓰였다. 1987년 7월 1일부터 10월 11일까지 프랑스 국립현대미술관Musée national d'art moderne에서 열린 〈앙토냉 아르토, 데생〉 전시회의 카탈로그에 이 글의 앞부분이 수록되었다.

서 눈과 관련된 교과서적 형식에 반박한다면서도
　　눈구멍 아래에 코를
　　그려 넣으면, 그가 교과서적인 화가가 되는가?

　　내 초상화들은 내가 표현하고 싶었던 것들,
　　초상화들 스스로가 되고 싶었던 것들이다,
　　내가 야만성, 그래, 규범 바깥의 **잔혹성** 이외의 다른 것은
신경 쓰지 않고서 표현하고자 했던 것은 분명 초상화들의 운
명이었다. 하지만 그 운명은 인간이라는 종種의 한가운데에
서 아마도 얼굴을 찾아낼 수 있을 것이다.

　　표현의 원칙 그 자체를 반박하기 위한 말을 뱉어내면서도
눈 두 개, 입술, 입 하나를 그린다고 해서 장 뒤뷔페가 교과서
적인 화가가 되는가?
　　그렇지 않다. 하지만 그의 머리통이 내 머리통처럼 여기에
있다. 언젠가 두 개의 머리통은 모두 내가 알지 못하는 어느
무덤에서 나온 빛에 환하게 밝혀질 터, 지금 당장 말하나니,
그 무덤은 시체의 유해가 묻힌 무덤은 **아닐 것이다.** 왜냐하면
최근 회화 전시회에서 그려진 모든 피사체들에 뒤이어 온 살
아 있는 우리의 육체는 프랑수아 비용[38]의 방식처럼 언젠가
시 한 편에 대한 죽음의 영광을 얻기 위해 굳이 땅으로 갈 필

요가 없을 것이기 때문이다.

더욱이 그 시 또한 결코 죽지 않았다.

우리를 위협하는 달구어진 육신은 산 채로 우리에게 다가와, 무無의 서글픈 문 앞에서 잃어버리게 될 우리의 몸 가운데 아직 남아 있는 것에 대해 해명을 요구할 것이다.

이는 우리가 그 어느 때보다도 어두운 시대를 살아가고 있다는 의미이다.

작금의 시대에 우리는 예술, 문학, 그리고 생이 더는 아무런 의미가 없다는 사실을 깨닫기 시작하고 있다.

왜냐하면 언어가 단 한 번도 의미 있었던 적이 없기 때문이다.

여기에 전시된 이 데생들 중 몇몇은 그저 밑그림에 불과하다. 그런데 이 밑그림들은 여기서 더 나아갈 수도 없었다. 종이 위에 던져진 사유들이 그저 말들에, 결정적인 그것들에, 진짜 자연에서 그러하듯 문법적으로 이미 **구분 지어진** 바로 그것, 주문呪文이 아니라 **낭음**朗吟인 그 말들에, **한 줄** 한 줄 꼭 맞춰 따라왔기 때문이다.

사람의 얼굴[*]

사람의 얼굴은 텅 빈 힘, 죽음의 벌판이다.

제 몸과 결코 어울리지 않았던, 몸이 아닌 다른 것이 되고
자 했던 하나의 형태를 갈구하는 오래된 혁명적 요구.

그러므로 지금도 여전히 사람의 얼굴이 지닌 있는 그대로
의 생김새를 악착같이 베껴내려 애쓰고 있는 화가를 교과서
적이라고 나무라는 것은 가당치 않다. 왜냐하면 있는 모습
그대로의 얼굴 생김새는 자신이 가리키고 지목하는 형태를
아직 찾아내지 못했으면서도 스케치 이상을 해내고 있으며,
더욱이 아침부터 저녁까지, 만 가지 꿈의 한복판에서, 마치
도가니 안에서인 양 결코 지치지 않는 격정적 박동으로 짓찧

---

[*] 〈앙토냉 아르토가 그린 초상화와 데생〉 전시 카탈로그에 수록된 글로, 아르
토가 구술하고 배우 콜레트 토마가 받아적었다. 이 글은 이후 《메르퀴르 드
프랑스*Mercure de France*》(1948년 5월 1일 자) 등 여러 지면에 재수록되었다.

고 있기 때문이다.

이는 사람의 얼굴이 아직 제 민낯을 찾아내지 못했으며,

얼굴에게 그것을 찾아주는 일은 화가의 몫임을 의미한다.

그러나 있는 그대로의 사람의 민낯은 여전히 눈 두 개, 코 하나, 입 하나,

그리고 곧 다가올 죽음의 묘지에 난 네 개의 구멍과도 같은, 눈구멍과 짝을 맞춘 두 개의 귓구멍을 가지고서 제 모습을 찾고 있다.

사실 사람의 얼굴은 제 얼굴 위에 일종의 영원한 죽음을 지니고 있으니,

그것으로부터 얼굴을 구해내는 것은 분명 화가에게 달린 일이다,

얼굴에 그 고유의 생김새를 돌려줌으로써.

실은 수천 년 전부터 사람의 얼굴은 말을 하고 숨을 쉬고 있는데

우리가 느끼기에 어쩐지 사람의 얼굴은 여전히 자기가 무엇인지, 자기가 무엇을 알고 있는지에 대해 아직 아무 말도 시작하지 않은 것만 같다.

그리고 나는 홀바인에서 앵그르에 이르는 예술의 역사 속에서, 이 인간의 얼굴이 스스로 말하게 하는 데 성공한 화가를 단 한 명도 알지 못한다. 홀바인이나 앵그르의 초상화들

은 두꺼운 담벼락이다. 그것들은 눈꺼풀의 둥근 아치 아래 기대어 있거나, 혹은 두 귀의 양쪽 측면 구멍을 연결하는 원통형 통로 속에 들어박힌, 필멸자의 고대 건축에 대해 아무것도 알려주지 않는다.

오직 반 고흐만이 인간의 머리에서, 터져버린 심장 박동의 폭발하는 불꽃과 다름없는 하나의 초상화를 이끌어낼 줄 알았다.

바로 자기 자신의 초상화를.

중절모를 쓴 반 고흐의 머리는, 영원이 다 할 때까지 반 고흐 그 자신 이래로 그려질 수 있을 추상화의 모든 시도를 무화하고 불가능하게 만든다.

왜냐하면 화폭의 가장 극단의 표면에 포탄처럼 던져진, 갈망에 이글대는 이 백정의 얼굴,

돌연 텅 빈 눈에,

사로잡혀,

내면을 향해 눈길을 돌리는 이 얼굴은,

형상적이지 않은 그림이 만족할 수 있을 만한 추상적 세계의 가장 그럴싸한 모든 비밀을 저 깊은 곳에서 길어내기 때문이니,

그런 고로 내가 그린 초상화들에서,

나는 우선 코와 입, 눈 두 개와 양쪽 귀, 머리카락을 잊어

버리지는 않으려 했으되,

앵그르나 홀바인의 머리에서는 죽어 있는 것처럼 처리되었던 오래된 인간사의

비밀을

내게 들려준 적 있던 얼굴이 스스로 직접 말을 하게 만들 방법을 모색했다.

때때로 나는 인간의 머리 옆에 사물이나 나무, 동물을 그려 넣기도 했는데, 그건 내가 아직도 나라는 인간의 몸이 어느 경계에서 끝나는지 확신하지 못하기 때문이다.

나아가 여기 이 전시에서 보게 될 모든 그림에서 나는 예술, 양식 내지 재능과는 확실하게 결별했다. 다시 말해, 내 그림들을 예술작품이라고, 현실을 미적으로 모사한 작품이라고 생각하게 될 자가 있다면 참으로 애석한 일이다.

엄밀히 말하면 어떤 그림도 작품이 아니다.

모든 것은 다 밑그림, 그러니까 우연이나 가능성, 기회, 운명의 모든 방향으로 던져지는 미끼 혹은 폭언이다.

나는 그림상에서 선線이나 미적 효과에 공을 들이려 하지 않았다,

다만 회화적 형상과 선의 원근법만큼이나 단어들, 글로 쓰인 문장들에 의해 가치를 갖게 되는 여러 종류의 명백한 선의 진실들을 드러내려 했다.

그리하여 몇몇 그림들에는 시와 초상화가 혼합되어 있고, 원소, 재료, 인물, 사람 혹은 동물을 떠올릴 수 있게 하는 조형적 형태가 글로 쓰인 추임새와 뒤섞여 있다.

  그러니 이 그림들을 야만으로, "결코 예술은 신경 쓰지 않고" 선의 진실됨과 자연스러움에 온 마음을 쓴 회화적 형상의 문란으로 받아들여야 한다.

갤러리 피에르에서
낭독하기 위해 쓴 세 편의 글

콜레트 토마가 이제부터 내가 로데즈 정신병원에서 나온 이
후 여기 파리에서 **연극**에 관해 쓴 최근 글들 중 하나를 당신
들에게 읽어줄 것이다.

거기서 나는 특정 소리들을 이어 붙여보았다,

하지만 그것은 의례와는 아무 상관도 없다.

의례는 비로소 존재한다, 인간이 일단

해부학적으로

제 피의 순환을 찾아내고 고정시키고 나서야,

그리고 인간이,

공중에서,

대기의 여러 겹 압박에 짓눌린 공중에서,

제 피의 비명을 확고하게 한 방향으로 몰아 자리를 정해

주고 나서야.

잔혹의 연극에서는 전혀 이렇지 않다.

거기에는 더 이상 제식이 있을 수 없다,

아직 사유가 존재하지 않으므로.

배우는 제 숨의 혈맥을

점점 더 깊숙이,

점점 더 사납게,

대기의 해부학적 경련 속에 던져 넣는다.

그런데 이 살벌한 약동 속에 내뱉어진 한 자 한 자의 말들을 특징짓는 것은,

그 말의 음절들이 구멍내기라는 중요성,

제거, 응고, 분리, 휘발의 힘을 가질 수 있으려면,

오직 실제로 구멍을 내버리겠다는 바로 그 목적에서 그 음절들이 던져져야만,

오직 그 음절들이 지닌 녹여버리는 힘이 일종의 휘발,

돌연 기적적으로 눈 앞에 보이게 된,

망령들의 이 끔찍한 세계의 휘발에 쓰여야만 한다는 사실이다.

그 몹쓸 세계 속에서 불멸의 배우는,

아직 창조되지 않은 숨결의 시인은, 치욕스러운 부위들이

그의 가장 순수한 충동을 욕되게 하는 것을 언제고 느껴왔다.

그렇다면 이 치욕스러운 부위들이란 무엇인가?
이 인류의 실제 의식意識.

수 세기 전부터 사회는 자기가 진 빚을 죽은 위인들에게
갚지 않겠다 결심했던 터,
죽은 위인들의 숨은 원수들을 몰아내기 위해서는,
커다란 비장과 광대한 간肝의 틈바구니 속에서
먹잇감을 노리고 있는
이 짐승의 피 묻은 주둥이를 겁 없이 공격할 만한 크기의
비명이 필요하다.

좀스러운 피고름,
옹졸함과 탐심으로 이루어진 세상은
실질적으로 또 물질적으로
결국 그 원수들의 유충을
만들어내고 말았고,
원수들은 이 유충들을 조직화했다.

이 악령의 유충들, 바로 이것들이 우리를 태어나게 만들기

위해 우리 모두를 머리통 뒤에 붙들어 두었고, 그런 다음에
는 우리를 배와 성기에까지 붙잡아 둠으로써 우리가
    온몸으로 생생하게
    있지도 않은 것, 존재하지도 않는 것을
    보고 듣게 만들었다.

    어느 누구도 느끼지 못하고, 어차피 믿고 싶어하지도 않
지만,
    우리는 모두 얼마간 홀려 있고, 지배당하고 있고, 사로잡
혀 있다.
    즉 우리의 가장 내밀한 개인적 의식이 몇몇 존재들, 악한
에게 놀아나는 몇몇 짐승들의 의식에 음란하게 또 이타적으
로 침투당한 것이다.

    이 침입이 성적인 것이든 아니든, 이는 어느 누구에게도
의심의 여지가 없는 사실이다.
    이 밑바닥 인류의 거대한 구렁텅이가 이 침투를 마음에
들어 하든 말든, 이는 어느 누구라도 부인 못할 또 다른 사실
이다.

    한 숨 그리고 또 한 숨, 그 사이 하나의 육체가 나타난다,

호흡과 호흡 사이 진정한 감각의 육체가 나타나게 만드는 작업은 화학 실험실에서 인공 육체를 만들어내는 것보다 하등 신비롭거나 마술적이지 않다,

유일한 차이점은, 이 작업이 화학 실험실에서는 점점 더 많이 이루어지고 있다면 연극에서는 수 세기 전부터 명맥이 끊겼다는 점이다,

그런데 화학이 생명 없는 재료로 된 추상의 육체를 다룬 다면

연극은 감각과 의지를 지닌 구체적이고 살아 있는 육체를 다룬다.

생명력 있는 호흡을 향한 의지는

육체의 죽음,

하나의 몸에서 다른 몸으로의 이행을 경험한다.

그것은 새로운 육체의 연금술적이고 매혹적인 출현을 경험한다,

한 숨 그리고 또 한 숨, 그 사이 새로운 육체로의 이행을 경험한다.

배우에게는 육체들을 이동시키는 기능이 있다,

po

i

pian

zi

to

pi

pianst

is stock

to

stock

inoch

po

shok

inh

vih

왜냐하면 유기적으로

비명에는,

그리고 비명과 함께 오는 호흡에는

육체를 들어올려

생기 있고, 육체의 내벽에서부터 번쩍이며, 육체가 지닌

힘과 능력, 목소리가 진정으로 끓어오르는 경지로 이끄는 힘
이 있기 때문이다.
    이러한 경지는 1년의 노력을 필요로 하지는 않으나,
    그렇다고 1분의 노력에 만족할 수도 없기에,
    의지와 감각을 터무니없이 쏟아붓기를 요청한다.

    감각의 세계에 있는
    어떤 음색들,
    어떤 크기의 목소리, 숨결과 음조의 어떤 조합들은
    생이 제 좌표 바깥으로 빠져나오지 않을 수 없게 하고,
    기관들을 인간의 해부학 차원에서 자유롭게 만든다. 해부
학이 기꺼이 가두어 두고자 했던 힘들까지도.

    삶은 엄청난 병력을 소집해
    어떤 것들이 말해지거나 경험되거나 느껴지거나 사유되
지 못하게 만드는 괴물 구울goule이다.
    이 괴물은 인간의 뼛속에 실제적 감정이라는 또다른 병력
을 가두는 법을 알고 있었다.
    기실 거짓을 말하는 무언가가 있다면 그것은 모름지기
    악령의 짐승들에 의해 오로지 썩은 채로, 길 잃은 채로만
살아가는 의식이라 불리는 것이지 않나.

악령은,

탄생 이래로 쭉,

우리 모두를

머리 뒤에,

뱃속에,

성기 깊숙한 데에 붙들어 놓고서,

유기적으로, 생리적으로, 생생하게,

마치 가능한 단 하나의 현실인 양,

없는 것, 존재하지 않는 것을

보고 듣고 감지하게 만든다.

그리하여 악령의 뜻에 따라 우리는 숨쉬고,

　　　씹고,

　　　밀어 넣고,

　　　삼켰던 것이다,

마치 우리가 그 악령과 함께 이 범죄에 가담하여 공범이
된 것처럼.

우리를 태어나게 했던

악령도 그 범죄로부터

　　　태어났건만.

본질적으로 감각,

　　정동,

인간의 의지와 맞서는 범죄,
우리를 주구장창 궁둥짝 수준에 머물게 만든
의식이라는 이 내적 시궁창 차원에 인간을 처박아 둔 죄.
죄는 이 외에도 많다.

게다가 이 악령은 비유가 아니다,
그것은 지상 사방팔방에 제 보증인들을, 어디에 있는지 완벽하게 잘 알려진 여러 장소들에 제 수장들을 끼고 있는 한 패거리이다.
이 혼령들 가운데 구린내를 가장 심하게 풍기는 몇몇은 지금 보헤미아의 가톨릭 수도자들 사이에서 모집되고 있으며,
좋게 말해,
가장 완벽한 라마교 승원만큼이나
잘 조직된 수도원에서 살고 있다.

말하자면, 저 자들은 수백 년 전부터 책이 아닌 무장되고 칠해지고 분류 정리된 나무통들로 이루어진 거대한 서가들을 가지고서 방금 내가 말한 의미대로 연극을 하는 모든 수단을 모아왔다.
만일 현재 인간의 의식이 구렁텅이에 있다면, 그 이유는 그들이 가장 음란한 방식을 이용해 의식을 그 구렁텅이에 육

체적이고 체계적으로 매어 놓기 때문이다.

내가 나와 존재를 느끼는 방식, 유기적이고 육감적으로 나를 지각하는 방식에 무언가 이상한 점이 생긴 지 벌써 15년 정도가 되었다.

나는 나에게 몰락이자 이름 없는 거북스러움과도 같았던 어떤 상태에 내가 처해 있음을 보았고, 그 상태로 인해 나는 가령 단순히 무언가를 삼키는 일도 어떤 이중성, 말로 표현할 수 없는 어떤 타협의 느낌 같은 것을 느끼지 않고는 해낼 수가 없었다,

왜냐하면 삼키는 행위는 내 안에 어떤 분신, 또다른 망령을 받아들이는 것과 같아 보였기 때문이다. 이 분신은 내가 충분히 혼자 삼킬 수 있음에도, 나와 함께 이 기능을 수행할 뿐 아니라,

그로 인해 사실상 나라는 존재에다 대고 일종의 끔찍한 교미를 할지도 모를 일이었다,

내가 그와의 성교에 동의하지 않거나,

지켜주고 좋아하는 것만이 내 삶의 이유였던 것들로 이루어진

이 연극 전부를 그 망령과 함께 욕보이는 데 동의하지 않는 한.

이 점에 관해 나는 수년 전부터 많은 존재들에게 질문했

고, 이제 나는 이 상태가 일반적인 상태가 되었다는 것,
　　이 상태가 심지어 의식의 일반적인 상태라는 것을 안다,
　　의식은 이 사실을 모른 채 현 상태에 만족하고 있지만.

　　그러나 일반적인 의식이 변화를 원하든 원치 않든, 의식이
내가 말한 그 점에 관해 변화를 원하든 원치 않든 간에, 그
어느 때보다도 지금이 바로 연극이 사람 몸에서 가장 익숙한
부위들의 유기적 변환이라는 연극의 진정한 고대적 기능을
되찾아야 할 때이다.

우리는 더러운 세상에 살고 있다. 아주 소수만이, 정말이지 몇몇만이

　우리 중 일부만이,

　세상 밖으로 나가기를, 세상을 바꾸기를 원한다.

　이 세상은 겉으로만 악하게 굴러가기 때문이 아니라, 물밑에서 은밀하게 악을 길러내고 관리하기 때문에 더럽다.

　악령은 바다의 해파리만큼이나 실제적이고 틀림없는 괴물 구울이다.

　우리는 연극을 통해, 오직 연극을 통해서만, 그 악령을 볼 수 있고 그것을 떠나보낼 수 있다.

　음색이 지닌 어떤 크기들, 숨결과 음조의 특정 조합들, 이

것들의 힘에 의해 생은 제 좌표 바깥으로 빠져나오고, 특히 이 내세라고 하는 것을 해방시킨다. 삶은 우리에게 내세를 감추어 두었으나,

내세는 천상이 아닌 여기에 있다.

천상은 없다,

천상이란 그저 의식이 스스로 되지 못했던 모든 것의 궁상맞은 하치장일 뿐,

기원도 죽음도 없다면, 우리가 실제로 죽는 것이 아니라면, 존재의 이전과 이후에 우리는 어디에 있게 되는가,

내가 이미 말했듯, 죽음은 얼마 전까지는 존재하지도 않았던 흑마술의 어떤 상태에 불과하다.

어떤 육체가 글러 먹었다고 여겨지면 우리는 그 육체를 변화시키는데,

이 변화의 책무를 맡고 있는 것이 바로 연극이다.

결코 어떤 육체도 현재 인간의 육체보다 이다지도 나빴던 적이 없었으니, 지금이 바로 연극이 변화의 임무를 시작할 때이다.

천상을 없애고 육체상에 내세의 기적이 나타나게 하는 이 경지에 다다르기 위해,

한 육체에서 다른 육체로의 이 시각적이고 감각적인 전이
에 이르기 위해,
연극의 문제가 제기하는 모든 것이요,
바로 여기에서, 오직 이 방식으로만 제기되는 문제로서,
내가 지적한 바로 그 전력을 힘껏 쏟아붓고 있는
배우에게는
비범할 정도로 고집스러운 노력이 필요하다,
시간상으로 그 노력은 몇 시간에서 거의 한나절까지 지속
될 수 있다,
이 경지에 이르기 위해
그에게 필요한 것은
비범하고도 단순한,
낯설면서도 비범한 연기의 방법들이다.

혹사된 배우의 육체에 필요한 것은 특별한 치유책들이다.
이에 대해 현재의 의술은 더는 아는 바가 없으나, 몇몇 오래
된 연금술 서적에는 하나하나 빠짐없이 기술되어 있는 것을
볼 수 있다.

dou gerzam
erto gartema

no gartena

erto gela

왜냐하면 새로운 육체로의 이행은 악화일로로 가는, 게다가 끔찍한 저주일 수밖에 없는 육체에 작별을 고함으로써만 이루어질 수 있기 때문이다.

ta taubel

el bo tsebura

bo tsebura

o bel tenyx

그러나 이 세계는 배우에게 이러한 육체의 이행을 위한 치료제로서 꼭 필요한 무언가를 찾아줄 수 있을 것인가?

그런 다음, 자신의 완전한 변신을 수행하기 위해 꼭 필요한 무언가를, 이 세상에서 앞으로 찾아내게 될 좋은 것에 제공하는 책무는 배우에게 달려 있을 것이다.

ta trendi

ta penpta pendirda

ta enuda

a pepta sundi

망령들의 세계는 이들이 스스로 물러나게 만들기 위해 여러 번 궁둥이에 발길질을 해야 할 그런 세계다.

그리고 연극은 그 세계에 효과적으로 발길질을 가하는 데 필요한 모든 것을 가지고 있다.

이 세상은 우리에게 불순하고 더럽고 외설스럽고 천하고 박하며 비루하고 상스러워 보인다.

이는 틀린 생각이다,

이 세상은 마법 같다,

허나 비열하게 마법 같다,

이토록 타락한 이 세상은 마술을 통해,

순전한 마술을 통해,

그리도 고집스럽게 악착을 떨며 상스럽고 따분하고 파렴치한 모든 것을 지켜내고 있다,

이 세상은 흑마술을 조작하여 공격적으로 증식하는 유충들, 세상이 제 경호원으로 삼은 그 유충들로 우리의 숨통을 틀어막는 대기 전체를 채우고 있다.

마술에는 마술,

추익한 세상의 성적인 마술에는 제정신을 차린 연극의 실질적 치유의 마술이 응수해야만 하는 법이다.

부르주아의 피고름으로 이루어진 유충들이 비유라고 생각해서는 안 된다. 그것들은 오랫동안 치밀하게 준비되고 계산된 기술적 마술의 조작을 통해 우리 안으로 파고들어 우리를 짓누르는 존재들이다.

우리가 빠져들어가 있는 의식意識의 고약한 세상 속 유충들이 보기에, 인간의 해부학적 육체에는 호흡의 정신을 통해 점점 더 미묘해지고 희소해지는 여러 정도와 단계가 있다. 인간은 무슨 수를 써서라도 이 호흡의 정신에 도달해 통제권을 쥐어야 한다. 왜냐하면 유충들은 인간의 자율적 육체가 영원히 노예 상태로 남기를 바라기 때문이다. 이런 이유로 카르파티아 산맥, 보헤미아, 캅카스, 아프가니스탄, 투르키스탄에 코를 킁킁대고 침을 흘리고 사람의 몸을 성적으로 헤벌어지게 만드는 법을 가르치는 수많은 호흡의 교단들이 존재하는 것이다.

연극은 더 이상 외설스러운 브라만교의 이러한 의식에 뒤처져 있을 수 없다. 연극 배우가 코를 킁킁대고 숨을 내쉬고 우짖고 하품할 때, 그가 단지 불알 두 쪽만 믿고 덤벼들 셈이라든가, 저기 고환에 달린 뇌의 티끌 만한 분비선(저만치 떨어져 있는 불알 한 쌍)을 멀찍이서 다스리기 위함이 아닌 다른 이유에서 그런 행위들을 하는 것이니만큼 더더욱 연극은 뒤처져 있을 수 없는 것이다.

중요한 것은 몰리에르 극의 하인이 내는

그

'아'라는 소리를

앙드레 브뤼노[39] 급으로 제때에 안성맞춤으로 내는 것이 아니다,

중요한 것은 특정 방식으로 입을 여는 것,

필요하다면 몇 번이라도, 그리하여

꼬리뼈 아래 잠자고 있던

　　　그

　　　'아'라는 소리가

목젖의 앞이 아닌 뒤쪽,

목소리의 울림이 부딪혀 되돌아 나오는 익숙한 지점보다

도 이상하게, 경이로울 정도로 뒤쪽에 있는,

목젖에서 멀찍이 떨어진 그 지점들에 현기증 나는 와중에도 도달할 수 있도록.

왜냐하면 의지가 개입됨으로써 하나의 음색은 자동적으로 단계가 나뉘고, 조수에 길들여진 파도처럼 우리에게 모습을 드러내기 때문이다.

그런데 몸의 자발적 약동에 따라 육체가 살거나, 앞서 나가거나, 무너지는 것이 결정되지는 않는다.

몇몇 숙련된 원숭이들이 행하는 색정적이고 과학적이며 낯뜨거운 마술이 그러한 육체의 약동에서 지고의 음색을 찾으려 하는 것도 아니다.

꼬리뼈 위에, 한참 위에, 저 위에, 성문聲門과 목젖, 후두가 있고,

후두 위에는 두 개의 콧구멍이 있다, 여러 단계의 호흡을 끊임없이 발산케 하고, 회오리치는 그 숨결의 박자에 맞춘 소용돌이 속에서 둥근 소리, 미끈한 소리를 들을 수 있는, 이 반드럽고 반항적인 뼈, 콧물을 토해내는 구멍.

이 호흡들의 종류는 한 가지만이 아니다. 눈에 보이지 않고 변덕스러운 무한, 그 무한한 소리의 통로가 최악과 더불어 최고를 내어주니, 그 중에서 무엇이든 선택하면 된다.

색정적 원숭이가 영악하게, 놀랍게도 의외로 최악을 선택하는 곳에서, 야만스러울 만큼 형언 불가능하고 기적적인 최고의 소리를 찾아낼 줄 아는 능력은 잔혹 치유 연극의 성실한 배우에게 달려 있다.

연극과 과학

진정한 연극은 언제나 내게 어떤 위험하고 무시무시한 행위의 훈련처럼 보인다.

나아가 그 훈련 속에서 모든 과학과 종교 전체, 모든 예술의 개념과 더불어

연극과 공연의 개념은 지워진다.

내가 말하는 그 행위는 인간 육체의 진정 유기적이고 신체적인 변형을 목표로 한다.

왜냐?

연극이란 우리가 잠재적이고 상징적으로 하나의 신화를 펼쳐내는 무대 위의 화려한 볼거리가 아니라,

불덩이와 진짜 고깃덩어리로 된 도가니이기 때문이다. 이 도가니 속에서 해부학적으로,

뼈와 팔다리, 음절이 지르밟힘으로써,

육체들이 다시 만들어지고,

물리적이고 자연스럽게

하나의 육체를 만들어내는 신화적 행위가 모습을 드러
낸다.

내가 하는 말을 잘 이해한다면, 사람들은 거기에서 실제
삶의 차원에 소환되는 진정한 생성의 행위를 보게 될 것이나,
이는 모두에게 괴상망측하고 우스꽝스럽게 보일 것이다.

지금 이 시간에도 시간과 죽음 때문이 아니고서야 육체가
변화될 수 있다는 사실을 믿을 수 있는 사람은 아무도 없기
때문이다.

그런데 다시 한 번 말하지만, 죽음은 하나의 지어낸 상태
이고

오직 그 모든 천박한 마술사들과 개뿔도 없는 영적 지도
자들을 위해서만 존재한다. 이 자들에게는 그 죽음이라는
상태가 이득이 되기 때문에, 이들은 수백 년 전부터 그것으
로 제 배를 불리고

그 덕에 바르도Bardo라 불리는 상태 속에서 살아간다.

이런 점을 제외하면, 인간의 육체는 불멸이다.

낡은 이야기는 무작정 달려들어 다시금 쇄신해야 하는 법.

인간의 육체는 우리가 그것을 깜빡하고 변형시키지도, 바꾸지도 않았기 때문에, 오직 그 이유 때문에 죽는다.

그렇지 않으면 육체는 사멸하지 않는다, 먼지가 되지 않는다, 무덤을 거치지 않는다.

종교와 사회, 과학은 인간의 의식으로부터 야비하고 하찮은 편의를 취해다가 어느 순간 의식이 육체를 떠나게 만들었고,

의식으로 하여금 인간의 육체는 소멸하게 되어 있으며 얼마 안 되는 시간이 지난 뒤에는 떠나기 마련이라고 믿게 만들었다.

그렇지 않다. 인간의 육체는 소멸하지 않고 죽지 않으며 변화한다,

그것은 육체적으로, 물질적으로,

해부학적으로, 그리고 자명하게 변화한다,

우리가 기꺼이 물질적 수고를 들여 육체를 변화시키려 하는 한, 눈에 뻔히 보이게, 그 자리에서 즉각 변화한다.

한때 마술적이라기보다는 과학적인 어떤 방법이 존재했다,

연극은 그 방법을 그저 살짝 건드리기만 했을 뿐인데,

그 방법으로 인해,

글러먹었다고 여겨졌던 인간의 육체는

육체적으로, 물질적으로,

객관적으로, 그리고 어쩌면 분자적으로,

하나의 육체에서 다른 육체로,

떠나가 소실된 육체의 상태에서

강화되고 고양된 육체의 상태로

　　　넘어갔고,

　　　옮겨갔다.

이렇게 되기 위해서는 인간의 육체에서 억눌리고 망각된
모든 연극적 힘에 호소하는 것으로 충분하다.

그리하여 여기서 중요한 것은 혁명이다,

불가결한 혁명을 모든 사람이 바라고 있다,

하지만 이 혁명이 육체적이고 물질적으로 완성되지 않는 한,

혁명이 인간을 향해,

인간 자신의 육체를 향해 돌아서서

마침내 결단을 내려 육체에게 **스스로를 변화시키라**고 요청
하지 않는 한,

이 혁명은 진짜일 수 없다는 사실을 많은 이들이 알고 있
었는지 나는 의문이다.

그런데 육체는 더러워졌고 악화되었다. 우리가 더럽고 악화된 세계에 살고 있기 때문이다. 이 세계는 인간의 육체가 변하지 않기를 바라고,

사방에다,

꼭 필요한 지점들에다,

자신의 은밀하고 음험한 도형수를 배치하여 육체의 변화를 방해하는 법을 알고 있었다.

이처럼 이 세계는 단지 겉보기에만 악한 것이 아니다. 세계는 물밑에서 은밀하게 악을 길러내며 유지하고 있기 때문에 악하다. 그 악이 세계를 존재하도록 만들었고, 우리 모두를 악령으로부터, 악령의 한가운데에서 태어나게 만들었다.

단지 풍습들만 썩은 것도 아니다. 왜냐하면 우리가 살고 있는 대기도 실제 벌레들, 외설적인 겉모습, 해로운 망령들, 상한 유기체들로 인해 물질적으로, 물리적으로 썩어 있기 때문이다. 이로 인해 나처럼 오랫동안 쓰라리게, 그리고 철저하게 고통을 겪어 보았다면 이 풍습과 대기의 부패를 맨눈으로도 알아볼 수 있을 것이다.

여기서 환각이나 착란은 문제가 되지 않는다, 문제가 되는 것은 망령들의 혐오스러운 세계가 툭툭 건드는 이 불순하고 검증된 접촉이다. 이 세계 속 불멸의 배우, 아직 창조되지 않은 숨결의 시인은 수치스러운 부위들이 그의 가장 순수한 도

약을 욕되게 하는 것을 내내 느껴왔다.

　정치적 혹은 도덕적 혁명은 가능하지 않을 것이다, 인간이
　자석에 붙듯 붙박여,
　자신의 가장 기초적이고 가장 단순한, 유기적이고 신경적
인 반응에만 머무르며
　비의에 입문한 자들이 모인 모든 의심스러운 집단들에 구
질구질하게 영향을 받게 되는 한,
　그 자들은 자기네들의 영적 보온기에 따뜻하게 발을 넣고서
　전쟁만큼이나 혁명을 비웃고 있다,
　그들은 현 사회의 존재와 수명의 기반이 되는 해부학적 질
서가
　더 이상 변화되지 못할 것이라 확신하기 때문이다.

　그런데 인간의 호흡에는 급변하고 부서지는 여러 음조가
있고, 비명과 비명 사이에서 그 전이는 갑작스럽게 일어난다.
이를 통해 불현듯 사물들의 몸 전체가 열리고 솟아오르는 것
처럼 느껴질 수 있고, 이러한 몸의 열림과 약동은 우거진 산
림에서 산에 기대어 세워 둔 나무 한 그루처럼, 팔다리 중 하
나를 받치거나 쓰러뜨릴 수 있다.

그런데 육체에는 특정 호흡과 비명이 있어, 그것으로 인해 육체는 유기체의 썩은 구렁텅이 속에 빠질 수도 있고, 보다 우월한 육체가 기다리고 있는 이 빛나는 높은 경지로까지 확실하게 옮겨 갈 수도 있다.

그것은
내뱉어진 호흡과 생체적 비명의 깊은 곳에서
피와 성미의 가능한 모든 상태들이 나타나게 만드는 방법,
눈 앞에 보이는 그 육체가 지닌 가시와 뼛조각이 영성, 정신성, 감수성이라는 엉터리 괴물들과 겨루는 결투.

시간의 역사에서, 이 생리적 방법이 시행된 때, 그리고 인간의 악의가 힘을 키워 오늘날처럼 교미로부터 생겨난 괴물들을 끄집어낼 시간이라고는 전혀 없었던 때와 같은 명명백백한 시기들이 있었다.
만일 어떤 지점들에서, 특정 종種들에게 있어 인간의 성性이 암담한 지점에 이르렀다면, 그리고 이 성이
지금도 모든 의지와 감각의 노력을 마비시키고,
결정적이고 총체적인 혁명과,
변신의 모든 시도를 불가능하게 만드는
끔찍한 육체의 독소들,

썩어 문드러진 영향들을 끄집어내는 중이라면,

그 이유는 바로

생리적 변환,

인간 육체의 진정한 유기적 변신을 위한 특정 방법이 포기
된 지 지금 벌써 수백 년이 되었기 때문이다,

이 방법은 그 잔악함,

그 물질적 가혹함과

그 거대함으로,

인간 마음의 모든 생리적, 논리적, 또는 변증법적 드라마를
열기가 식은 어느 정신적 밤의 그림자 속에 내던져 버린다.

그러니까 내 말은, 육체가 숨결들을 꼭 품고 있고, 숨결도
육체들을 움켜쥐고 있다는 것이다. 그 육체의 두근대는 압력,
숨결에 따른 대기의 끔찍한 압박은 나타나기만 했다 하면 의
식이 불러 일으키는 모든 정열적이고 정신적인 상태들을 헛
된 것으로 만들어 버린다.

육체의 긴장, 압박, 침투 불가한 밀도, 과도한 억압의 정도
가 어느 단계에 이르면

저 멀리 뒤안으로 남겨두게 된다, 모든 철학, 변증법, 음악,
물리학을,

모든 시,

모든 마력을.

나는 오늘 저녁 당신들에게 속속들이 내보이기 위해 몇 시간의 점진적 훈련이 요구되는 것은 보여주지 않을 것이다.

더욱이 그 훈련에는 공간의 여유와 호흡의 여유가 필요하고,

더구나 내가 가지고 있지 않은 어떤 준비물이 필요하다.

그러나 당신들은 앞으로 낭독될,

낭독하는 사람들로부터 전달될 글에서,

이 생리적 혁명을 향해 가고 있는 여러 비명과 진정성의 약동을 똑똑히 듣게 될 것이다. 이 생리적 혁명 없이는 그 무엇도 변화될 수 없다.

앙토냉 아르토

이 글은 1947년 7월 18일 금요일 저녁 낭독되었다. 이따금 낭독 중에 나는 내 가슴 속 음조의 **열림에 살짝 가닿은** 것 같았다.

내가 원하는 것에 도달하기 위해서 나는 배꼽에서 피를

싸질렀어야 했다.

　가령 간간이 술을 들이키면서, 45분간 같은 곳을 부지깽이로 두드림.[40]

주

사회가 자살시킨 자, 반 고흐

서문

1   반 고흐는 1881년 여름 자신보다 일곱 살 많은 사촌 키 보스Kee Vos에게 사랑
에 빠져 청혼했다. 그러나 남편을 잃고 홀로 여덟 살짜리 아들을 키우던 키는
반 고흐의 청혼을 단호히 거절했다. 그해 11월 반 고흐는 암스테르담에 있는
키의 집을 방문해 키의 아버지 앞에서 자신의 손을 등잔불에 지지면서 손을
불 속에 넣고 있는 동안만이라도 키를 만나게 해달라며 협박인지 애원인지 모
를 기행을 벌였다. 몇 년 뒤, 1888년 12월 23일 반 고흐는 프랑스 아를에 있는
그의 '노란 집'에서 스스로 자신의 왼쪽 귀를 자른 뒤 그 귀를 근처 유곽에서
일하던 라셀Rachel이란 여성에게 주었다. 1888년 12월 30일자 신문 《포럼 레
퀴블리캥Forum Républicain》에 따르면 반 고흐는 자신의 귀를 이 여성에게 건
네며 "이 물건을 조심해서 잘 가지고 있어"라고 말했다.

2   작가 제라르 드 네르발Gérard de Nerval(본명 제라르 라브뤼니Gérard Labrunie,
1808-1855)은 1841년부터 1854년 사이 정신병원 입원과 퇴원을 일곱 차례
반복했다. 정신병원 최초 입원 직후인 1841년 3월 1일, 네르발의 글을 편찬했
던 편집인 쥘 자냉Jules Janin은 네르발이 광기로 인해 정신병원에 입원해 있다
는 사실을 공개하며 그의 사회적 죽음을 공언하듯 《주르날 데 데바Journal des
débats》지에 네르발의 부고를 실었다. 이에 상심한 네르발은 1842년 12월 말
정신병원 퇴원 후 1년 간 베이루트, 스미르나, 콘스탄티노플 등을 거치는 동
방 여행을 떠났고, 이 여행에서의 개인적 경험 및 신비주의적 전설과 종교를
바탕으로 쓴 여러 작품들을 발표하며 가까스로 작가로서 사회적 부활에 이를
수 있었다. 이후 정신병적 증상이 재발해 정신병원에 입원했다가 퇴원할 때마
다 네르발은 감금되었던 자유를 만회하려는 듯 먼 곳으로 홀연히 떠나곤 했
는데, 1854년 10월 19일 마지막으로 병원을 나온 뒤 3개월 만에 결국 돌아올
수 없는 곳으로 영원히 떠나버리고 말았다. 무일푼으로 일정한 거처도 없이
밤새 도시를 떠돌아다니던 네르발이 1855년 1월 26일 이른 아침, 파리의 샤

틀레 부근 한 뒷골목에서 울타리에 목을 매달아 죽은 상태로 발견된 것이다. 그런데 목이 졸려 죽기 직전에 온몸이 크게 흔들렸을 텐데도 쓰고 있던 모자가 네르발의 머리 위에 가지런히 놓여 있던 점 등 자살로 보기에 석연치 않은 점들이 지적되면서, 그의 죽음은 오랫동안 자살이냐 타살이냐를 두고 논쟁거리가 되었다. 아르토는 이 부분에서 네르발을 덮친 광기의 일격을 단순히 머리에 맞은 물리적 타격으로 빗대어 표현한 것일 수도 있고, 네르발이 동방 여행을 토대로 쓴 《칼리프 하켐 이야기》의 말미에서 하켐을 급습한 노예 세 명의 공격이나, 《시바의 여왕과 정령들의 왕자 솔로몬 이야기》에서 솔로몬의 사원 건축을 총괄한 아도니람에게서 명인maitre의 암호를 알아내기 위해 그의 머리를 망치로 내리친 석공의 습격을 암시한 것일 수도 있다. 네르발은 이 두 작품 속에서 각각 드루즈교의 전설 속 인물 하켐, 그리고 프리메이슨의 시조로 여겨지는 아도니람과 자기 자신을 동일시했던 것이다. 제라르 드 네르발, 《칼리프 하켐 이야기 / 시바의 여왕과 정령들의 왕자 솔로몬 이야기》, 이준섭 옮김(지식을만드는지식, 2015).

3   프랑스에서는 1852년 나폴레옹 3세가 스스로 황제로 등위하며 선포한 제2제정이 1870년 프로이센과의 보불전쟁에서 패함에 따라 제3공화정이 세워졌다. 이때 제정을 폐지하고 공화정을 설립하기 위해 공화파를 주도했던 대표적 인물이 레옹 강베타Léon Gambetta, 1838-1882이고, 그렇게 출범한 제3공화정의 초대 대통령이 아돌프 티에르Adolphe Thiers, 1797-1877이며, 펠릭스 포르Félix Faure, 1841-1899는 제3공화국의 여섯 번째 대통령(1895-1899 재임)이다. 독일을 위해 스파이 노릇을 했다는 누명을 쓴 유대계 프랑스 장교 알프레드 드레퓌스Alfred Dreyfus의 군사법정 유죄 선고와 진범에 대한 무죄 판결, 그에 따른 재심 요구 등으로 불거진 드레퓌스 사건은 펠릭스 포르의 대통령 재임 기간 중에 일어났다. 드레퓌스 사건에 격노한 작가 에밀 졸라Émile Zola가 1898년 1월 13일 《로로르L'Aurore》지에 대통령에게 보내는 공개 서한 형식으로 발표한 글 〈나는 고발한다J'accuse〉는 바로 펠릭스 포르를 수신인으로 상정하고 쓰였다.

4   익명으로 처리된 이 정신과 의사 'L 선생'의 정체에 대해서는 두 가지 추측이 존재한다. 우선 아르토가 로데즈 정신병원에 입원한 시기에 인턴 의사였던 자크 라트레몰리에르Jacques Latrémolière가 아르토 사후 출간된 한 계간지(La Tour de Feu, no 69, avril 1961)에서 자신이 바로 이 익명의 'L 선생'이라고 자

백한 바 있다. 그러나 폴 테브냉에 따르면 라트레몰리에르는 네 가지 이유에서 'L 박사'가 아니다. 첫째, 라트레몰리에르는 앞서 언급한 계간지에서, 'L 선생'이라는 익명의 정신과 의사를 비난하는 내용이 담긴 《사회가 자살시킨 자, 반 고흐》의 서론부 몇 장이 중쇄 때 삭제되었는데, 이것이 자신을 모욕으로부터 보호하기 위한 출판사 측의 조치였을 것이라고 썼다. 그러나 당시 《사회가 자살시킨 자, 반 고흐》는 초판 인쇄 후 중쇄를 찍은 일이 없었으며, 따라서 당연히 도입부 일부가 중쇄 때 삭제된 일 또한 없었다. 둘째, 만일 아르토가 라트레몰리에르를 언급하고 싶었다면 그의 이름을 똑똑히 적었을 것이다. 아르토는 《사회가 자살시킨 자, 반 고흐》에서 로데즈 정신병원 입원 당시 그의 주치의였던 가스통 페르디에르Gaston Ferdière 박사의 이름은 익명으로 가리지 않고 정확히 호명하고 있다.(56쪽 참고) 셋째, 만일 아르토가 그의 이름을 익명으로 쓰려고 했다면, 'L 박사'가 아니라 'T 박사'나 'L. T. 박사'라고 썼을 것이다. 왜냐하면 아르토는 그의 이름을 한 단어로 된 '라트레몰리에르 Latrémolière'가 아닌 '라 트레몰리에르La Trémolière'라는 두 단어로 종종 착각했기 때문이다. 넷째, 결정적으로, 아르토가 구술을 통해 《사회가 자살시킨 자, 반 고흐》를 집필할 때 구술을 받아 적던 테브냉은 그가 정신과 의사의 전형으로 꼽는 이 'L 박사'가 누구인지를 아르토에게 직접 물은 적이 있다. 테브냉은 이 질문에 대한 아르토의 답을 공개하진 않았지만, 적어도 라트레몰리에르 박사는 아니었다고 밝힌다. Antonin Artaud, *Œuvres Complètes*, tome XIII (Gallimard, 1974), pp. 307-308. 'L 박사'의 정체로 추측되는 또다른 인물은 정신분석학자 자크 라캉Jacques Lacan이다. 아르토의 친구인 연극 연출가이자 배우 로제 블랭이 전하는 바에 따르면, 국가로부터 정신병원 행정입원을 명령받고 아르토가 파리의 생탄 병원에 약 11개월간 입원해 있을 때 이 병원 임상 교육 담당 의사였던 라캉이 아르토를 본 적이 있는데, 이때 라캉이 아르토에 대해 "완전히 외곬으로 문학에 사로잡혀 있다"라고 단정적으로 평했던 것이다. 또 아르토가 정신병원 수감 기간 동안 상대해야 했던 정신과 의사들을 적어 놓은 목록에 라캉의 이름이 포함되어 있었다. Évelyne Grossman, *Antonin Artaud: Un insurgé du corps* (Gallimard, coll. « Découvertes Gallimard », 2006), p. 59; Antonin Artaud, "Van Gogh le suicidé de la société," *Œuvres* (Gallimard, coll. « Quatro », 2016), p. 1440, note. 1.

5 '소문fama'과 '운명fatum'이라는 두 라틴어 명사가 접속사나 쉼표 없이 나란
히 놓여 있는데, 문맥상 '익히 잘 알려진 운명' 정도로 이해된다.

6 1947년 1월 오랑주리 미술관에서 개최된 반 고흐의 전시를 말한다. 아르토는
1947년 2월 2일 이 전시를 직접 관람하고 이 글을 썼다.

7 〈탕기 아저씨의 초상화〉(그림 1)을 가리킨다. 아르토는 전시에서 본 이 그
림의 제목을 착각하여, 이 단락을 구술로 집필할 때 '페르 탕기'가 아닌 '페
르 트랑킬Père Tranquille'이라고 일컬었다. 아르토의 구술을 받아적던 테브냉
은 그 자리에서 이 실수를 지적했으나, 아르토는 이러한 지칭에 타당함이 없
지 않다며 실수를 정정하지 않았다. 아르토에 따르면 '페르 트랑킬', 즉 '점잖
은 영감'은 반 고흐가 그림으로 표현하려 했던 '페르 탕기', 다시 말해 '탕기
영감'이라는 인물에 썩 어울리는 지칭이라는 것이다. Antonin Artaud, Œuvres
Complètes, tome XIII (Gallimard, 1974), p. 310. 반 고흐는 파리 시절부터 아
를, 생레미, 오베르쉬르우아즈 시절에 이르기까지 탕기 영감, 즉 쥘리앙 탕기
Julien Tanguy가 운영하던 파리 9구 클로젤 가 14번지의 작은 화방에서 물감
과 캔버스 등을 구입하곤 했다. 반 고흐 이외에도 폴 세잔Paul Cézanne, 아르망
기요맹Armand Guillaumin, 카미유 피사로Camille Pissarro, 폴 고갱Paul Gauguin,
앙리 드 툴루즈로트렉Henri de Toulouse-Lautrec 등이 무명 시절부터 탕기의 화
방을 드나들었다. 탕기는 가난한 무명 화가들에게 외상으로 그림 도구를 내
어주기도 하고 그들이 돈이 정 없을 때는 그림으로 물건 값을 치를 수 있게 해
주는 등, 사람 좋고 너그러운 인품으로 화가들의 구심점이 되었던 인물이다.
반 고흐는 동생 테오에게 보낸 몇몇 편지에서 탕기에 대해 "체념과 강한 인내
심"을 지녔다고 언급하거나, "내가 나이들 때까지 살아있는다면 탕기 영감처
럼 될지도 몰라"라고 말하기도 했다. 빈센트 반 고흐, 《고흐 영혼의 편지》, 김
유경 옮김(동서문화사, 2019), 629, 730쪽. 탕기는 반 고흐의 장례식에 참석
한 스무 명 남짓한 조문객 중 한 명이었다.

8 〈까마귀가 있는 밀밭〉(그림 2).

9 〈폴 고갱의 의자〉(그림 3).

10 Trumeau. '토막, 그루터기'를 뜻하는 프랑크어 'thrum'에서 파생된 단어로,
도축 용어로는 '소의 뒷다리 관절부'를 의미한다. 그런데 이 단어의 용례는 도

축보다는 건축이나 장식 공예 분야에서 더 흔하게 찾아볼 수 있다. 건축에서 트뤼모는 중세 시대 교회 건축물의 중앙 출입문을 정가운데에서 세로로 이등 분하는 기둥을 가리킨다. 중세 시대 교회 건축물의 중앙 출입문 상부에는 팀 파눔Tympanum이라 불리는 아치형 혹은 삼각형의 부위가 있고, 이 팀파눔상 에 각종 부조 장식이 조각되는데, 팀파눔과 수직으로 연결된 트뤼모상에도 다양한 조각이 새겨진다. 트뤼모는 기둥임에도 불구하고 건축물을 직접적으로 떠받친다기보다는 팀파눔과 함께 교회 정문을 장식하는 기능을 한다. 장식 공예 분야에서 트뤼모는 벽난로 상부의 벽에 부착한 거울이나 그림을 가리키기도 하고, 틀 윗부분을 그림이나 조각으로 장식한 창문이나 액자, 거울의 상단 장식 부분을 일컫기도 한다. 사후에 출간된 《살풀이를 위한 50가지 그림50 Dessins pour assassiner la magie》에서 아르토는 "이것은 그림이 아니다. 이 그림들은 그려지지도 해체하지도 않고, 추상적인 세계라도 어떤 세계를 세우거나 구축하거나 창설하지 않는다. 그것은, 나로서는 알 도리가 없는 어느 황산 소용돌이에서 솟아난, 뜨겁고 신랄하며 예리한 이 메모들, 단어들, 트뤼모들이다…"라고 썼는데, 이때 트뤼모는 글이 쓰인 페이지 바깥으로 저절로 튀어나오는 것만 같은 어떤 새로운 감각적 형체를 의미한다. Évelyne Grossman, Artaud, « l'aliéné authentique » (Éditions Farrago, 2003), p. 137.

11 〈가셰 박사의 초상〉(그림 4).

12 차례로 다음의 세 그림을 가리킨다. 〈아를의 빈센트 침실〉(그림 5), 〈빨래하는 여자들이 있는 아를의 랑글루아 다리〉(그림 6), 〈세탁부들이 있는 '루빈 뒤 루아' 운하〉(그림 7). 이 가운데 세 번째 그림은 1947년 당시 오랑주리 반 고흐 전시에 소개되지 않았다. 아르토는 빌헬름 우데Wilhelm Uhde의 《빈센트 반 고흐Vincent van Gogh》(Éditions du Phaidon, 1937)라는 책에 실린 〈루빈 뒤 루아 운하〉 흑백판을 보고 그림을 묘사한 탓에, 그림 전면의 운하를 대지로 오인했다. 그러나 이러한 오해에도 불구하고 아르토는 "이 거대한 땅덩어리가 몸을 굼힐 물결을 찾고"라는 표현을 통해 이 그림의 전면부가 지닌 물의 속성을 놓치지 않았다. Antonin Artaud, Œuvres Complètes, tome XIII (Gallimard, 1974), p. 314.

13 아르토가 만들어낸 말로 번역이 불가능하다. 옮긴이 해제 참조.

14 알퐁스 도데Alphonse Daudet의 《타라스콩 사람 타르타랭의 놀라운 모험Les Aventures prodigieuses de Tartarin de Tarascon》(1872), 《알프스에 간 타르타랭

Tartarin sur les Alpes》(1885),《타라스콩 항구*Port-Tarascon*》(1890)로 이어지는 소설 3부작의 주인공. 프랑스 남부 도시 님에서 태어나 유년 시절을 보낸 도데는 풍자적이고 애정 어린 시선으로 프랑스 남부, 특히 타라스콩 지역 사람들의 가식 없고 호방하며 유쾌한 기질과 다소 과문하고 허세스러운 특징을 타르타랭이라는 인물을 통해 그려냈다. 반 고흐가 1888년 2월부터 1889년 5월까지 머물렀던 아를은 타라스콩에서 남쪽으로 약 18km 떨어져 있는 인근 도시다. 아를에 머무는 동안 반 고흐는 타르타랭 3부작을 읽고 또 읽었으며, 아를 시절 그의 편지 곳곳에서 이 전형적인 남부 프랑스인에 대한 언급을 찾아볼 수 있다. 아를에 정착한 북유럽 출신 반 고흐는 자기가 보고 듣고 겪어내는 직접적인 경험과 함께 도데의 타르타랭 소설을 통한 간접 경험을 토대로 낯선 남프랑스의 지역색과 정서를 이해하려 한 것으로 보인다. "그런데 사람 좋은 타르타랭의 나라는 정말 좋구나. 나는 이 고장을 점점 더 즐기고 있어. 이곳은 우리에게 새로운 조국이 될 거야. 그렇다고 네덜란드를 잊은 건 아니란다. 대조적이어서 더 생각나게 돼." 빈센트 반 고흐,《고흐 영혼의 편지》, 784쪽.

15 여기서 반 고흐가 묘사하는 그림의 완성본이 〈도비니의 정원〉(그림 9)이다.

16 〈종달새가 있는 밀밭〉(그림 8).

17 〈교회와 성벽이 있는 생트마리 풍경〉(그림 10).

18 〈낙엽이 떨어지는 알리스캉〉(그림 11).

19 〈구름 낀 하늘 아래 밀밭〉(그림 12).

20 〈프로방스의 건초 더미〉(그림 13).

21 1947년 오랑주리의 반 고흐 전시에 소개된 해바라기 그림은 석 점이었다. 당시 전시 도록에 기록된 해바라기 그림 정보는 다음과 같다. 〈Fleurs de tournesols〉(no 78 du catalogue, toile, 50×97cm, Époque de Paris, Rijksmuseum Kröller-Müller), 〈Le Parterre aux tournesols〉(no 91 du catalogue, encre de Chine, roseau, 61×49cm, Arles, août 1888, Collection V. W. Van Gogh, Laren), 〈Fleur, soleils〉(no 113 du catalogue, toile, 95×73cm, Arles, août 1888, Collection V. W. Van Gogh, Laren). 이 가운데 세 번째 그림은 〈정물: 화병의 해바라기 열네 송이〉(그림 15)로 특정된다. 그 밖에 아르토가《사회가 자살시킨 자, 반 고흐》를 쓰는 동안 자주 참고했던 두 권

의 책 Wilhelm Uhde, *Vincent van Gogh* (Éditions du Phaidon, 1937)와 A.-M. Rosset, *Van Gogh* (Éditions Pierre Tisné, 1941)에 〈Les Tournesols〉(toile, 93×73cm, Arles, août 1888, National Gallery, London)과 〈Tournesols〉(toile, 91×72cm, Arles août 1888, Neue Staatsgalerie, München) 등의 해바라기 그림들이 실려 있었다고 한다. 마지막에 언급된 그림은 〈정물: 화병의 해바라기 열두 송이〉(그림 16)로 추측된다.

22 〈몽마주르에서 본 크로 평원〉(그림 14).

23 〈이젤 앞에 있는 자화상〉(그림 17).

24 이 또한 아르토가 만들어낸 말이다.

25 아르토는 타락하고 비겁한 인류가 세운 더 부패하고 삿된 문화를 일컫는 데 당시에도 여전히 프랑스어에 남아 있던 튀르키예에 관한 차별적, 비하적 표현을 사용하고 있다. 10세기 아프가니스탄의 가즈나 왕조, 11세기 셀주크 제국, 13세기 말 오스만 제국, 1453년 마흐메트 2세에 의한 콘스탄티노플 정복 등 여러 역사적 사건으로 인해 유럽인들은 튀르키예와 튀르키예인을 호전적이고 강인한 이미지로 받아들였다. "튀르키예인처럼 강한fort comme un Turc"이라는 프랑스어의 관용적 표현은 이런 오랜 역사에 기반한 유럽의 고정관념이 언어에 그대로 반영된 사례다. 그러나 이 고정관념은 시간이 흐르면서 부정적이고 비하적인 의미를 띠게 되었고, 이에 따라 튀르키예와 튀르키예인은 호전적이라기보다는 침략적인, 강인하다기보다는 야만적인 이미지로 유럽인들에게 각인되었다. 앞서 아르토는 사회의 부패성을 지적하면서 "종자가 드러나는 모든 것에 대한 추잡한 멸시"(38쪽)를 부패의 근거 중 하나로 들었는데, 개개인을 둘러싼 사회와 문화라는 "악귀에 씌지 않고는 결코 살 수도, 산다고 생각할 수도 없었던 것이 현대 인간의 해부학적 논리"(46쪽)라는 것을 몸소 증명이라도 하듯, 같은 글에서 이처럼 특정 나라, 민족에 대한 차별적 관용 표현을 스스럼없이 사용한다. 그런데 특기할 점은 아르토의 외조부모가 튀르키예의 스미르나(이즈미르) 출신이라는 사실이다. 더욱이 아르토의 친할머니와 외할머니는 친자매 관계인 탓에, 두 할머니의 영향으로(비록 친할머니는 어린 시절 프랑스 남부 도시 마르세유에서 삼촌 손에 키워져 프랑스적인 면을 더 많이 가지고 있었지만) 유년기의 아르토는 튀르키예의 언어와 문화, 정서에 둘러싸여 있었다. 어린 시절 아르토는 특히 외할머니 마리에트 날파스Mariette Nalpas를 스미르나 사람들이 '할

머니'를 애칭으로 줄여 부르는 단어인 '미에뜨Miette' 또는 '네네카Neneka'
라고 부르며 몹시 따랐고, 빌에브라르와 로데즈의 정신병원에 입원 중이던
1941년 12월부터 1943년 9월까지 부계 성이 아닌 모계 성을 붙여 스스로를
앙토냉 날파스Antonin Nalpas라 칭하기도 했다. 말년에는 폴 테브냉 앞에서
어린 시절을 회상하며 가족들의 끈적끈적할 정도로 가족적인 분위기를 일컬
어 "그들은 튀르키에 사람들이잖아요Ce sont des Turcs"라고 말하거나, 글에
서 싱난 삼촌을 일컬어 "그는 순혈 튀르키에인다였다Il fut turc de pure race"라
고 쓰기도 했다. 테브냉에 따르면 아르토의 이런 표현은 구체적인 국가나 민
족으로서의 튀르키에를 의미한다기보다는 아르토가 기억하는 가족 구성원들
의 추상적인 행동 방식이나 정서 따위를 환기한다. Paule Thévenin, *Antonin
Artaud, ce désespéré qui vous parle* (Seuil, 1993), pp. 28, 31.

26 〈올리브 나무 숲〉(그림 18).

27 아르토가 가리키는 그림은 〈사이프러스 나무〉(그림 19)이다. 아르토는 초고
에서 이 부분을 "달빛 아래 사이프러스le cyprès sous la lune"라고 썼으나, 밤하
늘 위를 회오리처럼 빙빙 도는 별들이 태양처럼 보이는 점을 강조하고 싶었던
것인지 최종 원고에서는 "태양의 사이프러스"라고 고쳐 썼다. 이 그림은 당시
오랑주리 반 고흐 전시에는 소개되지 않았고, 아르토가 참고하던 책《빈센트
반 고흐*Vincent van Gogh*》(Éditions du Phaidon, 1937)에 그 사본이 실려 있었
다. 아르토는 이 그림을 상당히 마음에 들어 했다. 연필과 갈대 펜, 잉크로 그
린 이 그림의 유화 버전이 바로 익히 잘 알려진 〈별이 빛나는 밤〉(그림 21)이
다. 당시 오랑주리 반 고흐 전시에 걸린 그림들 중 아르토가 "태양의 사이프
러스"라고 일컬을 만한 그림으로는 〈사이프러스 나무와 별이 있는 길〉(그림
20)이 있다. 이 그림에서는 지는 태양과 뜨는 달 사이에 사이프러스 나무 한
그루가 우뚝 서 있다.

28 〈올리브 따기〉(그림 22). 이 그림은 당시 오랑주리 반 고흐 전시에는 소개
되지 않았지만, 아르토가 참고하던 책《반 고흐*Van Gogh*》(Éditions Pierre
Tisné, 1941)에 그 사본이 실려 있었다.

29 〈아를 포럼 광장의 밤의 카페테라스〉(그림 23).

30 〈회색 펠트 모자를 쓴 자화상〉(그림 24).

31 1888년 7월 초 동생 테오에게 보낸 한 편지의 말미에 반 고흐는 이렇게 썼다.

"많은 화가들은 — 감히 그들에 대해 이야기한다면 — 죽어 땅에 묻혀도 작품을 통해 다음 대부터 그 몇 대 뒤까지 이야깃거리가 된단다. 그것만이 모두인지, 아니면 그밖에 또 무언가 있는 건지. 화가의 생애에서 죽음은 아마도 그들이 만나는 가장 큰 고난은 아닐 거야. [⋯] 기차를 타고 타라스콩이나 루앙으로 가듯, 우리는 별로 가기 위해 죽음을 선택하는 것일지도 몰라. 살아 있는 동안은 별의 세계로 갈 수 없고, 죽으면 기차를 탈 수 없다는 추리는 분명 사실이야. 즉 증기선과 승합마차와 기차가 이 세상 교통기관이듯이, 콜레라와 모래알 모양 결석과 폐병과 암이 천국의 교통 기관이라고 생각할 수 있겠지. 늙어서 조용히 죽음을 맞는 것은 걸어서 가는 방법이야." 빈센트 반 고흐, 《고흐 영혼의 편지》, 631-632쪽.

32 1947년 1월과 2월, 멕시코 푸에블라에 위치한 활화산인 포포카테페틀 화산에서 화산재와 가스가 분출되는 폭발이 있었다.

부록

33 Antonin Artaud, *Œuvres* (Gallimard, coll. « Quatro », 2016), p. 1039. 아르토가 1946년 1월 그린 〈존재의 기계 혹은 삐딱하게 봐야 할 그림La machine de l'être ou dessin à regarder de traviole〉에 대해 스스로 한 논평의 일부.

34 Antonin Artaud, *Œuvres* (Gallimard, coll. « Quatro », 2016), p. 1049.

35 Antonin Artaud, *Œuvres Complètes*, tome II (Gallimard, 1980), p. 171; Paule Thévenin et Jacques Derrida, *Antonin Artaud. Dessins et portraits* (Schirmer/Mosel, 2019), p. 8에서 재인용.

36 문학적인 것이란 "시간의 필요성에 어떠한 대응도 하지 못하고 형태 속에 고정"된 것이라 보고, 소위 "문학적"이라 여겨지는 걸작과 결별하는 것을 자신의 문학적 지향으로 삼았다는 의미에서 쓴 말이다. 앙토냉 아르토, 《연극과 그 이중》, 이선형 옮김(지만지드라마, 2021), 137-138쪽; 옮긴이 해제 218쪽 참고.

37 Jean Dubuffet, 1901-1985. 가업을 이어 와인 도매상으로 일하다 41세에 본
격적으로 전업 화가가 되었다. 관습적 그림과 교과서적 화풍에 저항하고, 규
범적 틀 안에서 인정된 예술과 문화에 의문을 제기하며, '아르 브뤼art brut',
즉 '날 것의 예술'을 지향했다. 그에게 소위 '잘 배운' 예술가의 미려한 그림
은 규칙과 준거를 무시하고 오로지 내적인 충동이 시키는 대로 긋고 칠한 갑
남을녀, 어린아이, 광인의 시툰 그림보다 전혀 나을 것이 없었다. 그는 이처럼
예술문화로부터 어떤 영향도 받지 않은 사람들이 그린 그림을 수집하고 그
에 대해 글을 쓰면서(〈문화적 예술보다 더 나은 날 것의 예술L'Art brut préféré
aux arts culturels〉(1949) 등) 문화적 요소를 배제한 그림, 1940년대라는 시대
적 배경 속에서 나치 미학과는 정반대의 다듬어지지 않은 예술, 일부러 우매함
을 표방하는 예술, 농담 같은 예술을 창작했다. 국립현대미술관 엮음, 《장 뒤
뷔페 우를루프 정원》, 국립현대미술관, 2007 참조. 뒤뷔페는 1944년 파리에
서 첫 개인전을 연 이후 1947년까지 매년 개인전을 개최했는데, 관습, 예술, 문
화에 정면으로 도전한 그의 작품들은 갤러리에 걸릴 때마다 떠들썩한 논쟁
을 야기했다. 9년의 정신병원 수감 끝에 파리에 돌아온 아르토가 처음 그린
초상화 중 하나가 뒤뷔페의 초상화였고, 뒤뷔페도 아르토의 초상화를 세 점
그렸다.(〈앙토넹 아르토 초상화〉, 연필과 과슈, 1946년 8월; 〈머리카락이 흐
드러진 앙토넹 아르토Antonin Artaud cheveux épanouis〉, 연필과 과슈, 1946년
8월; 〈머리카락 타래 달린 앙토넹 아르토Antonin Artaud aux houppes〉, 유화,
1947년 1월 3일) 그중 〈머리카락이 흐드러진 앙토넹 아르토〉에서 뒤뷔페는
네 개의 꽃잎이 사방으로 펼쳐져 마치 십자가 같아 보이는 형태를 코가 있어
야 할 자리에 그려 넣었다. 자신이 기독교도와는 전혀 다르다고 느끼며 약간
의 종교적 요소에도 과민하게 반응했던 아르토는 자신의 코를 십자가 모양으
로 그린 이 초상화에 퍽 놀랐으나 동시에 뒤뷔페의 반反회화적 방식을 높이 사
며 제법 재미있어 한 것으로 보인다. 여기서 아르토는 뒤뷔페를 방패 삼아 자
신이 사람의 얼굴을 있는 그대로 그린다고 해서 교과서적인 화가로 분류될
수 없으며 여전히 자신의 작업은 교과서적 형식과는 거리가 멀다는 것을 주장
한다. Paule Thévenin et Jacques Derrida, *Antonin Artaud. Dessins et portraits*
(Schirmer/Mosel, 2019), p. 35.

38 François Villon, 1431-?. '최초의 현대 시인'이자 '저주받은 시인의 조상'으로

여겨지는 중세 프랑스 시인이다. 살인 미수, 절도 등의 이유로 투옥, 사면, 재투옥되기를 반복했고, 1463년 노상 난투극을 벌여 교수형을 선고받았으나 상고를 통해 감형되어 10년간 파리 추방령을 받고 파리를 떠났는데, 그 뒤로는 기록상 자취가 묘연하다. 이러한 삶의 궤적에서 짐작되듯 그는 주변인이자 이탈자로서, 숭배하는 여인에게 바치는 트루바두르의 노래나 기사도적 취향 같은 당대 문학의 주류와는 무관하게 개인적 불운과 실패를 솔직하고 재치 있게 토로하고 파리의 인간 군상을 익살스럽게 묘사하는 시를 썼다. 그가 남긴 대표적인 시 모음인 《유증시》와 《유언의 노래》(프랑수아 비용, 《유언의 노래》, 김준현 옮김, 민음사, 2016)는 죽음을 앞두었다는 설정하에 시적 화자가 자신의 과거를 자조하거나, 자신이 가지고 있는 하찮은 것, 혹은 가지고 있지도 않은 무언가를 특정인에게 넘기겠다고 밝히거나, 자신의 장례에 대한 당부를 남기는 등, 재치와 풍자가 난무한 가운데 삶에 대한 서늘하고 예리한 성찰이 묻어나는 유언의 형식에 기대고 있다.

갤러리 피에르에서 낭독하기 위해 쓴 세 편의 글

39 André Brunot, 1879-1973. 극단 코메디 프랑세즈 소속 배우.

연극과 과학

40 아르토의 서명 뒤에 이어지는 이 문장들은 갤러리 피에르에서의 낭독이 끝나고 몇 시간 뒤에 추가된 것으로 추측된다.

'진정한 광인' 아르토의 반 고흐론,
혹은 잔혹의 시[1]

"반 고흐가 미쳤다고?"

1947년 1월 말부터 3월, 파리의 오랑주리 미술관에서 빈센트 반 고흐Vincent van Gogh의 회화전이 열렸다. 이 전시를 홍보하기 위해 한 예술 주간지[2]는 지면의 한 면을 통째로 할애해 화가와 그의 작품을 소개했다. 갤러리스트 피에르 뢰브는 앙토냉 아르토에게 반 고흐에 대한 글을 써볼 것을 제안하면서 이 주간지의 해당 지면을 편지와 함께 보냈는데, 여기에 실린 글 하나가 아르토를 격분시켜 단 몇 주 만에 《사회가 자살시킨 자, 반 고흐》(이하 《반 고흐》)를 쓰게 한 발단이 되었다

---

1   이 해제는 《교차 3호: 전기, 삶에서 글로》(인다, 2022)에 실었던 글을 부분적으로 수정, 보완한 글이다.

2   *Arts: beaux-arts, littérature, spectacle*, no. 104, le 31 janvier 1947.

고 알려져 있다.

주간지에 〈그의 광기?〉라는 제목으로 실린 이 글은 정신
과 의사 프랑수아조아킴 비어François-Joachim Beer가 쓴 책《반
고흐의 악마에 관하여Du démon de Van Gogh》의 약 두 쪽 분량
을 그대로 가져온 발췌문이다.[3] 이 글에 따르면 모계 쪽의 뇌
전증과 부계 쪽의 뇌졸중 가족력을 지닌 반 고흐는 사춘기
때부터 두통과 복통 같은 "다양한 신경병증성 문제"를 내보
였고, 16세에 독립한 이후 37세에 사망할 때까지 14개의 도
시를 전전한 이력은 "불안정과 방랑벽" 때문이며, 청년기의
실패한 애정사는 "엇나간 감수성"으로, 그가 빈곤과 천대에
내몰린 사람들에게 품었던 측은지심은 "상식에서 벗어난 병
적인 희생"으로 일축된다. 때때로 그림에 대한 견해차 때문
에 격렬해지곤 했던 고갱과의 논쟁, 물감을 먹거나 밀짚모자
에 초 여러 개를 꽂고 나가 그 불빛으로 야경을 그리곤 했던
일화, 급기야 자기 손으로 직접 제 왼쪽 귓불을 자른 사건 등
화가의 일생에서 돌출된 몇몇 장면은 임상이 아닌 학설에 기
댄 정신과 의사의 진단 하에서 반 고흐를, 그러니까 발랑탱
마냥Valentin Magnan의 이론을 적용하면 신경 정신적 퇴화로
인한 정신 이상자로, 에밀 크레펠린Emil Kraepelin과 오이겐 블

3 François-Joachim Beer, *Du démon de Van Gogh* (Cartier, 1945), pp. 53-55.

로일러Eugen Bleuler의 이론에 끼워 맞추면 조현병 환자로, 그리고 이 글을 쓴 비어의 진단명을 빌리면 "편집증적 폭력 충동이 있는 정신 이상자"로 규정짓는 근거가 된다.

비어의 글은 반 고흐를 "천재성 없는 정신 이상자들"과 구별하면서 그의 생애와 작품을 의학적 진단을 위한 발병 원인과 증상의 차원으로 재구성하는 과정을 거쳐 "광기가 천재성을 낳았다고 주장할 수밖에 없다", "그의 예술 활동이 정신적 문제들에 기인한다고 말할 수밖에 없다"라는 단정적 판단으로 갈무리된다. 이 글이 포함된 70쪽가량의 책《반 고흐의 악마에 관하여》도 이러한 입장의 연장선에 있다. 책 전체는 말하자면 한 정신과 의사의 직업적 관점에 따라 편집되고 해석된 '광인'이자 '천재'로서의 반 고흐에 관한 정신의학적 전기다. 아르토가《반 고흐》에서 네 차례나 되돌아가서 들여다보는 반 고흐의 마지막 작품 〈까마귀가 있는 밀밭〉도 이 정신의학의 시선과 담론 안에서는 "정신적 균열", "정신력의 파열, 그 치명적인 붕괴"를 증명하는 "잘린 선들, 구불구불하고 기이하며 불안을 야기하는 굽이들"[4]의 집합으로 여겨질 뿐이다. 이 글을 읽은 아르토는 '역겨운 잘난 척'이라고 평하며 분노했고, 이 감정적 격발의 적극적인 반응으로서

4   François-Joachim Beer, *Du démon de Van Gogh*, pp. 64, 65.

《반 고흐》를 썼다.

비어가 반 고흐 개인의 역사를 정신 질환의 병리적 계기들을 중심으로 재구성했다면, 아르토는 이 화가에 대한 정신의학적 판단과 규정, 나아가 정신의학의 권위와 사회 구조 자체를 근본부터 재론한다. 비어라는 의사와 반 고흐라는 환자 사이의 좁힐 수 없는 수평적, 수직적 간극도 아르토와 반 고흐라는 두 광기의 예술가 사이에서는 가뿐히 무시된다. 아르토 선집의 책임 편집자 에블린 그로스만은 《반 고흐》에서 "아르토는 스스로를 반 고흐로 여기지 않는다. 그는 미치광이 반 고흐이다"[5]라고 말함으로써, 이 글쓰기를 견인하는 아르토의 동력이 반 고흐를 대상화하는 태도가 아님은 말할 필요도 없거니와 반 고흐와의 동일시를 넘어선 동화에 있음을 강조한다. 그런데 아르토가 반 고흐에게 최대치로 가까이 다가가 동화되는 듯 보이는 순간에도, 반 고흐는 아르토와 꽤나 닮았지만 그럼에도 절대적으로 타자인 채 분신 double처럼 그의 주위에 출몰한다. "이제는 일을 손에서 놓은 초연한 고대 백정 같은 [반 고흐의] 이 어슴푸레한 얼굴이 나를 쫓고 있다."(57-58쪽) "내가 이 몇 줄의 글을 쓰고 있는 순간에도 반 고흐의 핏빛 붉은 얼굴이 내게로 다가오는

5 Évelyne Grossman, "Les virgules de Van Gogh," *Artaud, « l'aliéné authentique »* (Éditions Farrago, 2003), p. 133.

174

것이 보인다."(75쪽) 바꿔 말해, 다가가면 멀어지기에 한 번 더 다가가고, 동화되었다 싶으면 절대적인 타자로 낯설어지기에 또 한 번 동화를 시도한다는 점에서, 아르토는 반 고흐에게 동화되었다기보다는 동화에 실패하는 까닭에 더더욱 그에게 단단히 사로잡혀 있다. 그런데 어쩌면 끝내 동화되지 못한 것은 의도적일 수 있다. 현대성을 이미 제 등 뒤에 두고 저만치 앞서 가는 예술가는 타자와의 동화가 자칫 잘못하면 타자에게 자신의 자아를 일방적으로 투사하거나, 타자를 삼켜 자기 동일성을 확장하고 강화하는 것일 수 있음을 예민하게 지각하지 않을 수 없기 때문이다.

《반 고흐》는 우선 아르토가 일반적인 서양 연극에 맞서 '잔혹의 연극théâtre de la cruauté'을 제안한 것과 같은 차원에서 보편적 평전 양식에 대조되는 '잔혹의 평전'으로 볼 수 있을지 모른다. 평전은 '삶의 진정한 스펙터클'로서의 연극처럼 인간의 삶을 다룬다. 《반 고흐》에서 아르토가 포착하려는 반 고흐의 삶은 그가 잔혹극의 무대에 올려야 한다고 생각한 삶과 다르지 않다. 이 삶이란 요람에서 무덤까지 한 인간의 여정으로서의 '삶'이 아니라 살아 있는 존재의 심장 박동, 그 생명의 헐떡거림과 경련으로서의 '생生'이다. "우리가 삶vie이라는 단어를 발음할 때는 사실들의 겉모습으로 인지된 삶을 언급하는 것이 아니라, 형상들이 건드리지 않은 허약하

175

고 요동치는 중심을 가리키는 것으로 이해해야 한다."[6] 아르토의 '잔혹' 개념을 이해하는 데 이러한 '생'의 물리적인 경련convulsion을 떼어 놓을 수는 없다. 종종 잔혹이 신체가 난도질되고 피가 튀는 잔인함으로 오인되곤 하는 것도 이 경련이 식접적으로 살과 신경을 관통하기 때문일 것이다.

아르토가 《연극과 그 이중》에서 서양 연극을 비판하고 잔혹극을 주창한 것도 기존 연극이 무대와 관객으로부터 그 어떤 경련도 자아내지 못했다는 사실과 무관하지 않다. 아르토가 보기에 당시 서양 연극은 단순히 심리적이고 현실적인 질서를 재현하고 그 속에서 발생한 갈등을 관습적으로 해결할 뿐, 이러한 도덕적, 사회적 체계에 의문을 제기하는 데까지는 전혀 이르지 못했다. 또한 유럽 연극이 저녁 시간의 무용하고 인위적인 놀이로 전락함으로써 관중을 단순히 엿보는 자로 만들어 버렸다는 점도 지적된다. 이런 부분적 이유만으로도 새로운 연극이 요청된다면, 그 연극은 부당한 현 사회 상태를 전복할 만큼 더 많은 "사격을 가하고", 결코 의자 등받이에 안락하게 기대 앉아 있을 수 없을 정도로 관객의 "신경과 심장을 깨우는" 연극이어야 할 것이다. 이 새로운 연극은 신경의 경련과 정신적 충격이 즉각적으로 호환되며 무대

6   앙토냉 아르토, 《연극과 그 이중》, 이선형 옮김(지만지드라마, 2021), 20쪽.

176

와 객석 사이의 구분을 무화시킬 만큼 배우의 몸과 공간의 공기, 관객의 몸을 동시에 상호 진동케 하는 스펙터클이다. 이 연극의 주제와 목적은, '삶'에서 심리성, 종교성, 서사성을 제거한 '생' 그 자체의 물리적 경련을 이 스펙터클에 참여한 모든 존재가 있는 그대로 감각하게 하는 것이다. "모든 우연한 사건들이 아무리 가차없이 일어날지라도, 생은 작동한다. 그렇지 않다면 생이 아닐 것이다. 이 가차없음, 빠져나올 수 없는 답보 상태와 고통 속에서도 돌파하여 작동하는 이 생, 순수하고 냉혹한 이 감정, 이것이 바로 잔혹이다."[7]

《반 고흐》를 정신과 의사가 쓴 정신의학적 전기에 대항하는 아르토의 '잔혹의 평전'으로 볼 수 있다면, 그것은 무엇보다 이 글이 병리학적 진단 앞에서 대상화되고 치료적 개입을 통해 제압된 반 고흐의 '생'을 의학의 폭력으로부터 구출하여 그것이 지닌 날것의 경련을 되살리려 하기 때문이다. 여기서 반 고흐와 그의 작품의 '생'은 정확하고 논리적인 언어로 매끈하게 정리되어 투명하게 이해되는 대신, 이 경련의 진동을 통해 아르토의 '생'과 직접적으로 교차되며 끝끝내 이해와 해석으로부터 불투명해질 것이다.

---

7   Antonin Artaud, "Théâtre et son double," *Œuvres* (Gallimard, coll. « Quatro », 2004), p. 574.

"아니다, 반 고흐는 미친 게 아니었다."

정신의학은 반 고흐의 '생'이 지닌 여러 곡절과 층위를 몽땅
'광기'라는 진단명으로 환원해버렸다. 비어가 확진한 '그의
광기'에 맞서 아르토는 말한다. "아니다, 반 고흐는 미친 게
아니었다"라고.(39쪽) 의학의 폭력적 선언에 맞서 아르토는
'그의 광기'를 '그를 미쳤다고 하는 그들의 광기'로 뒤집는다.
정신과 의사는 반 고흐가 미쳤다고 판단했지만, 아르토가 보
기에 미친 것은 오히려 "멀쩡히 굴러가는 의식을 정신착란
이라고 선포하는 한편, […] 역겨운 섹슈얼리티로 그 의식의
숨통을 옥죄"는(41쪽) 정신의학과 이러한 정신의학을 발명
한 "하자 있는 사회"이다.(38쪽) "말할 것도 없이 사회의 차
원에서 제도들은 붕괴하고 있고, 쓸모없고 퀴퀴한 시체처럼
보이는 의학은 반 고흐를 광인이라 선언한다."(39쪽) 사회는
거짓과 위선, 부르주아 관성과 모든 타자적인 것에 대한 멸
시 등으로 병들 만큼 병들어 있다. 아무리 반 고흐가 청혼을
거절한 사촌 누나를 만나게 해달라며 그녀의 아버지 앞에서
손가락을 등잔불에 집어넣고, 동생의 약혼 소식을 전하는 편
지를 받고는 자신에 대한 재정적, 정서적 지원이 끊기지 않
을까 전전긍긍하던 차에 고갱과 심하게 다투어 프랑스 남부
도시 아를의 노란 집에서 예술가들끼리 공동 생활을 하리라

는 꿈[8]마저 불투명해진 날 면도칼로 자신의 왼쪽 귓불을 잘 랐다 한들, "암컷 동물의 생식기를 구워 녹색 소스에 곁들 여 먹거나, 채찍질해서 벌겋게 달아오른 갓난 새끼 동물의 성 기를 매일같이 먹고"(37쪽) 있는 세상에서라면 누군가는 반

---

8   반 고흐의 기획 속에서 아를의 노란 집은 목가적이고 순전히 예술적이기만 한
    화가들의 아틀리에 겸 공동 숙소가 아니었다. 그는 노란 집이 가난한 화가들
    의 물질적 생존권과 안정적 창작권을 보장하는 예술가 조합의 본거지가 되기
    를 바랐다. "즉 화가들의 물질생활을 보호하고, 생산수단(물감과 캔버스)을
    보증하고, 현재로서는 그림이 예술가 손을 떠난 지 한참 뒤에야 손에 넣을 수
    있는 판매대금을 직접 그들에게 보증하기 위해 어떤 방책을 써야 한다는 것"
    이다. 빈센트 반 고흐, 《고흐 영혼의 편지》, 762쪽. 이 기획은 어쩌면 반 고흐
    자신이 당장의 생활비와 그림 재료비를 동생에게 빚지듯 지원받는 상황에서
    그가 재정적으로 자립해 창작을 지속할 수 있는 방법으로 절실하게 떠올린 유
    일한 활로였을지 모른다. 그는 당대 일류 화가인 드가, 모네, 르누아르 등이
    매년 자신들의 그림 몇 점을 조합에 제공한다면 그 그림을 팔아 번 돈을 조합
    의 초기 자본이자 조합원들의 공동 재산으로 삼을 수 있으리라 생각했으나,
    일개 무명 화가였던 반 고흐의 이러한 기획이 파리의 유명 화가들에게 설득되
    기는커녕 제대로 전해질 리조차 없었다. 하지만 일단 노란 집에서 자신을 포
    함해 단 두 명의 화가만이라도 의기투합한다면, 혼자 살 때보다 생활비를 절
    감할 수 있을 뿐 아니라 더디지만 차근차근 예술가 조합 설립을 도모할 수 있
    으리라 기대했다. 그리하여 노란 집에 초청할 화가로 물망에 오른 인물이 바
    로, 상선 선원을 거쳐 증권 거래소 주식 중개인으로 일하다 뒤늦게 회화에 대
    한 열정으로 아내와 다섯 자녀를 내팽개치고 그림에 전념해 당시 막 조금씩
    이름이 알려지고 있던 화가 폴 고갱이었다. 단 두 달 만에 파국으로 끝난 고갱
    과의 공동 생활, 그와의 결별은 따라서 반 고흐에게 우정 혹은 동료애의 실패
    뿐 아니라 재정적 독립이라는 계획의 좌초, 나아가 예술가 조합 설립을 통해
    자기 자신뿐 아니라 자신과 같은 처지의 가난한 화가들을 돕겠다는 꿈 혹은
    야망의 좌절까지도 의미했다.

고흐의 정신적 건강함에 대해 말할 수 있다. 세상의 '미친 짓'에 비한다면 반 고흐의 '미친 짓'은 '미친 짓' 축에도 못 드는 것이다.

그렇다고 사회의 광기와 비교해 상대적으로 그 정도가 덜하다는 이유만으로 반 고흐에게서 광인이라는 이름표가 떨어지는 것은 아니다. 아르토에게는 '반 고흐가 광인이냐 아니냐'보다 더 근본적이고 긴요한 문제가 있다. '누가 그를 광인으로 규정하느냐'라는, 규정의 주체와 대상 사이의 권력 문제가 그것이다. 사회에서 건강과 관련한 규범과 정상성의 기준을 쥐고 통제하는 권력은 누구에게 있는가? 그리고 그것이 정신의 건강과 관련될 때, 개인에게 고유한 정신의 영역을 함부로 탐문하고 측정하여 개입을 통해 평준화할 권리가 타인에게 있을 수 있는가? 그 권리가 타인에게 부여되어 있다면, 누가 왜 부여하는가? 이 같은 질문에 대한 답을 위해 아르토는 사회와 의학, 특히 사회와 정신의학의 공모 관계에 대해 통찰한다. 병든 사회는 현상태에서 벗어나려는 의지가 없다. 도리어 "이 병든 의식은 지금 병에서 회복되지 않는 것이 더 큰 이득"이다.(38쪽) 사회는 병든 상태를 지속하기 위해 의학을, 그리고 정신의학을 발명해 호위병으로 삼는다. 반 고흐가 '광인'이 되는 것은 기본적으로 정신 건강의 손실과 소실로서의 광증을 재단하고 제정신과 실성의 경계를 구획

하며 광기를 진단하여 구속할 권력을 쥔 정신의학과, 현상 유지를 위해 정신의학에 이러한 배타적 패권을 쥐어준 보수적인 사회의 구조적 역학 속에서다. 애초에 〈그의 광기?〉에서 아르토가 격노한 요인도 글의 세세한 내용보다는 그러한 담론을 버젓이 생산하고 유포하는 정신의학 권력 그 자체에 있었다.

그런데 과연 의학과 정신의학은 이러한 권력을 휘두를 자격이 있나? 아르토에게 의학은 그 자체로는 아무런 존재 의의가 없다. 개인의 고통과 질병에 개입해 건강을 회복시키는 임무를 존재의 이유이자 목적으로 삼는다고 자부하는 의학은 반대로 "스스로에게 존재의 이유를 부여하기 위해 전적으로 병을 유발하고 만들어낸 것"인지도 모른다.(56쪽) 정신의학은 어떤가? "작동하는 반 고흐의 명석함에 비하면, 정신의학은 그저 강박적이고 구박받는 고릴라들의 소굴일 따름이다. 이 고릴라들은 인간의 고통과 숨 막힘이라는 가장 끔찍한 상태에 대처하는 데에, / 저들의 흠결 있는 뇌에서 나온 산물에나 어울리는 우스꽝스러운 전문 용어밖에는 가진 게 없다."(39쪽) 아르토는 근본적으로 개인의 정신을 측정할 권리가 정신의학에 있을 수 있다는 생각에 반대한다. 그가 1925년에 쓴 글 〈정신병원 병원장들에게 보내는 편지〉에 이미 이런 생각이 잘 드러나 있다.

정신병원 원장 선생님들, 법과 관례가 선생들께 정신을 측정할 권리를 넘겨주었다지요. 선생들은 당신네들의 지적 능력을 가지고 이 지고의 가공할 권한을 행사하고 계시는데요. 웃기지 마십시오. 좀 깨우쳤다는 사람들과 지식인들, 위정자들의 순진함이 대체 무슨 초자연적인 빛을 정신의학에 부여했는지 모르겠군요. [...] 우리는 아둔한 의사에게든 아닌 의사에게든 종신 감금을 통해 정신의 영역을 탐구하도록 승인하는 권리가 주어진다는 것에 반대합니다. [...] 우리는 여타 모든 인간적 사유와 행위의 연쇄와 마찬가지로 정당하고도 당연한 광기의 자유로운 전개를 누군가가 방해한다는 사실을 받아들일 수 없습니다.[9]

정신의학이 광기를 규정하는 기준도 아르토에게는 우습고 동의 못 할 것임은 마찬가지다. 예외 없이 섹스에 환장한 érotomane 정신과 의사들은 성性과 관련한 죄를 줄줄이 만들어내는 "거대 기계"를 작동시켜 무고한 사람들을 죄인으로 매도한다. 즉, 정신의학이 섹슈얼리티의 이름으로 좁디 좁은 정상성의 영역을 만들어 놓았기 때문에, 그 바깥 지대에 있을 수밖에 없는 무수히 다양한 존재 양식과 성의 실천 혹은

9   Antonin Artaud, "Lettre aux médecins-chefs des asiles de fous," *Œuvres*, p. 154.

비실천의 양상들이 비정상, 증상, 병의 개념을 거쳐 광기로 일괄 처리된다. 그렇다면 정신의학이 규정하는 광기는 '정상적' 섹슈얼리티를 위반한 죄와 무관하지 않다. 백 번 양보해 이 기준을 받아들인다고 해도, 반 고흐는 광인이 아니라 성적 기준으로부터 '무결한 자chaste'이거나, 차라리 "진정한 광인aliéné authentique"이다. 왜냐하면 "도색적 범죄crime érotique"야말로 "이 땅의 모든 천재들, / 정신병원의 진정한 광인들이 경계했던 것이고, / 그렇지 않다면 그들은 (진정한 의미에서) 광인이 아니었"기 때문이다.(42쪽) '진정한' 광인은 정신의학이 고안한 성적인 '죄의 기계'에 말려들어 죄인으로 판명되었기 때문에 광인이 된 사람이 아니다. 정신의학이 정한 섹슈얼리티의 기준에 따라 광인으로 규정된 피동의 객체가 아니라, 이 기준 및 기준의 독재자와 무관하게 몸소 광인이 된 능동의 주체여야 한다. 그리하여 아르토는 정신의학의 기준을 전면 부정하고 자신의 기준으로 직접 광인을 재정의해 "진정한 광인"이라 칭한다. 아르토가 말하는 진정한 광인이란 "인간의 영예라는 지고의 개념을 더럽힐 바에야 기꺼이 사회적으로 통용되는 의미에서 미치광이가 되는 편을 택한 사람", "어떤 엄청난 더러움을 저지르는 데 사회와 공범이 되기를 거부했다는 이유로" 사회가 떼어내고 방어하기 위해 정신병원 안에서 목을 졸랐던 모든 이들, "사회가 어떤 말도 들어주려 하지 않았던 사람, 견딜 수 없는 진실을 발설하지 못하게 사회가 입을 틀어막고자 했던 사람"이다.(42쪽)

사회 내부에 조신하게, 또는 마지못해 통합되는 대신, 사회가 관성적 안정을 위해 마련한 갖가지 경계선을 교란하고 겉치레 아래 본색을 꿰뚫어보는 위험 분자들이 있다. 부르주아적 질서를 흐트러뜨리고 제도 그 자체를 뒤흔드는 의식, 사회를 향한 탐문 조사를 시도하는 우월하고 총명하며 통찰력 있는 의식, 어떤 틀에도 맞춰지지 않고 불거져 나오는 그 광포한 의식을 사회는 정신의학을 내세워 말도 안 되는 섹슈얼리티의 기준을 빌미 삼아 광인으로 명명하고 수감하여 치료를 빙자해 제압한다. "모든 광인에게는 이해받지 못한 천재성이 있다. 그의 머릿속에서 번뜩이는 생각은 사람들을 겁먹게 만들고, 삶이 그에게 마련해준 질식으로부터의 탈출구는 오직 광기에서만 찾을 수 있을 뿐이다."(56쪽) 아르토는 사회의 억압으로 인해 광기로밖에는 표출될 수 없는 광인들의 천재성이 "반항적 자기주장의 약동"을 기반으로 하고 있다고 생각한다. 광인으로 규정당하는 의식의 주체, 진정한 광인으로 사는 주체는 사회의 갖가지 틀이 개인성의 자연스럽고 자유로운 발휘를 좌절시키는 덫임을 매 순간 온몸으로 느끼기에, 또한 매 순간 온몸으로 사회와 불화하는 존재다. 앞서 끌어온 〈정신병원 병원장들에게 보내는 편지〉에서 아르토는 "개인의 모든 행위는 반사회적이다. 광인은 사회적 독재의 가장 대표적인 개인적 희생자다"[10]라는 인식을 표명했는데, 이 기본 입장은 20여 년이 지난 뒤에 쓴 《반 고흐》에서도 변함없이 고수되고 있다.

여기서 한 가지 명확히 짚어야 할 것은, 아르토의 "진정한 광인"이 광인들을 진정한(우월한) 광인과 진정하지 않은(열등한) 광인으로 구별 지어 위계화하는 개념이 아니라는 점이다. 아르토는 광인 집단 내부에서 광인들을 구분 짓지 않을 뿐 아니라("모든 광인에게는 이해받지 못한 천재성이 있다"), 광인과 비광인인 개개인을 대립시키지도 않는다("개인의 모든 행위는 반사회적이다"). 광인과 대결 구도에 놓인 반대편에는 그를 광인으로 규정하도록 명하는 사회가, 그리고 그 선봉에서 사회의 의지에 순종해 그를 광인으로 낙인 찍는 정신과 의사가 있을 뿐이다. 이런 맥락에서 아르토의 "진정한 광인"은 사회적, 정신의학적 규정 대상이었던 광인에게 주체성을 돌려주기 위한 이름이지, 광인 집단 내부를 편가르기하여 광인을 또 한 번 대상화하는 기준이 아니다.

하지만 그럼에도 불구하고 존재 자체로 전쟁이나 혁명, 사회적 동요와 맞먹는 전복의 계기가 되기에 역사가 기억할 수

---

10 Antonin Artaud, "Lettre aux médecins-chefs des asiles de fous," p. 154.

밖에 없는 "어떤 쩌렁쩌렁한 개인들의 경우"가 있다고 아르
토는 말한다. 한 목소리로 단결된 사회의 의식은 전쟁이나 혁
명과 같은 격동의 시기마다 기존 체계에 의문을 제기하고 스
스로를 의문에 붙인다. 그리하여 결단의 순간이 오면 전면적
인 변화가 일어나는 깃이다. 그런데 이런 거대한 변동이 한
낱 개인에 의해 치러지려 하면, 사회는 똘똘 뭉쳐 이 자에 대
한 "대대적인 저주의 굿판"을 벌인다. 그를 광인으로 몰아
세워 사회에서 몰아내는 것이다. 반 고흐는 "불붙은 그리
스식 화약, 원자 폭탄"과도 같은 그의 그림들이 단순히 "관
습에 대한 순응주의가 아닌 체제 그 자체에 대한 순응주의
를 공격하기"(39쪽) 때문에, 그가 "눈앞의 그럴싸한 사실들
로 이루어진 현실보다 더 멀리, 위험할 만큼 무한하게 더 멀
리"(59쪽)보기를 원했기 때문에, 사회가 그에게 금지한 무
한을 위해 살고자, "오직 무한에만 만족"(91쪽)하고자 했기
때문에 "좌표화되고 목록화된 광인"(94쪽)으로 간주된 것
이다. 하지만 그는 사회에 의해 광인으로 치부될 수밖에 없
었던 바로 그 이유로 인해 또한 "진정한 광인"이며, 반사회
적 개인 혹은 일종의 내부 고발자를 넘어 과연 "역사상 하
나의 사건"이다.(48쪽) 아르토는 이런 "쩌렁쩌렁한 개인들"
이자 "진정한 광인"으로 반 고흐 이외에도 제라르 드 네르
발, 샤를 보들레르Charles Baudelaire, 에드거 앨런 포Edgar Allan

Poe, 프리드리히 니체Friedrich Nietzsche, 쇠렌 키르케고르Søren Kierkegaard, 프리드리히 휠덜린Friedrich Hölderlin, 새뮤얼 테일러 콜리지Samuel Taylor Coleridge, 로트레아몽Comte de Lautréamont의 이름을 호명한다. 그리고 우리는 여기에 앙토냉 아르토의 이름을 덧붙여야 할 것이다.

"나도 정신병원에서 9년을 보냈다…"

나도 정신병원에서 9년을 보냈다. 나는 반 고흐처럼 자살에 집착해본 적은 한 번도 없지만, 매일 아침 회진 시간에 정신과 의사와 이야기를 나눌 때면 그의 목을 조를 수는 없어 내목을 매달고 싶은 기분이 든다는 것은 알고 있다.(64쪽)

아르토는 1937년 9월 23일부터 1946년 5월 25일까지 약 8년 8개월을 구속 상태로 보냈다. 1937년 8월 14일 켈트 전통의 '살아 있는 원천'을 찾겠다며 아일랜드로 떠난 지 한 달여가 지났을 때부터다. 여행 중 잘 곳을 찾는 과정에서 더블린 예수회 수도사들과 오해와 갈등이 생기자 아르토가 소란을 일으켰고, 신고를 받고 출동한 아일랜드 경찰은 그를 6일간 감옥에 구금했다가 1937년 9월 29일 미국 여객선에 태워

프랑스 르아브르로 추방했다. 아르토는 이 배 안에서도 난동
을 부렸다고 전해진다.[11] 르아브르 경찰은 정신 착란 상태가
공공의 질서나 타인의 안전을 위태롭게 할 경우 당사자의 동
의 없이 정신병원 입원을 강제 집행하는 행정 입원을 명령했
다. 1937년 10월 13일 작성된 의사 소견서는 당시 아르토의
상태를 다음과 같이 기록하고 있다. "착란을 비롯한 피해망
상으로 특정되는 정신과적 문제가 있음. 누군가가 그에게 독
이 든 음식을 가져다주고 그가 수감된 유치장에 가스를 주
입하며 얼굴에 고양이 여러 마리를 올려둔다고 말함. 자기
주위에서 검은 형체의 사람들을 보고 경찰에 쫓기고 있다
고 믿으며 주변 사람들을 위협함. 자기 자신과 타인에게 위해
가 되므로 이 자를 즉시 지역 관할 정신병원에 입원시켜야
함. 응급 이송 요망."[12] 결국 아르토는 경찰 권력과 의학 권력
에 의해 자유를 박탈당한 채 1937년 10월 16일 루앙의 카트
르마르 정신병원으로, 1938년 4월 1일 파리의 생탄 정신병원
으로, 1939년 2월 27일 뇌이쉬르마른의 빌에브라르 정신병
원으로 거듭 이송, 수용되었다. 아르토를 반 고흐에게 끌어
당긴 인력 중 일부가 여기에 있을 것이다. 자유분방한 '생'의

---

11 Laurent Danchin, André Roumieux, *Artaud et l'asile* (Séguier, 2015), pp.
    91-92.

12 Laurent Danchin, André Roumieux, *Artaud et l'asile*, pp. 93-94.

박동이 의학과 사회에 의해 '광기'로 축소 해석되고 심지어 강제 감금으로 무력화되는 의학의 폭력을 아르토 또한 경험한 것이다.

빌에브라르에서 약 4년을 보내는 동안, 아르토는 정신병원 강제 입원 환자로서뿐만 아니라 그저 제 목숨을 부지하는 한 사람으로서도 집단 수용의 무참하고 폭력적인 현실을 경험해야 했다. 2차 세계 대전의 발발로 먹거리, 의류, 난방, 약품 부족이 이어졌고, 그 여파로 빌에브라르 병원에서는 1939년 161명이던 사망자 수가 1941년 406명으로 증가했으며, 입원 당시 65.5kg이었던 아르토의 몸무게는 1940년 12월 55kg으로 급감했다.[13] 1940년 7월 1일 아르토가 지인에게 보낸 한 편지는 당시의 위태롭고 비참했던 상황을 짐작하게 해준다. "배가 고파요, 당신 날 알잖아요, 지금보다 더 잘 먹지 않으면 위험한 상황이에요."[14] 결국 보다 못한 아르토의 어머니는 아들을 빌에브라르에서 꺼내 오기로 결심하고는, 아르토와 함께 초현실주의자 그룹에서 활동하다 그처럼 축출당한 시인 로베르 데스노스Robert Desnos를 찾아가 도움을 구했다. 데스노스는 초현실주의 시인들과 교우하던 정신과 의

---

13 Laurent Danchin, André Roumieux, *Artaud et l'asile*, pp. 121-122, 125, 128, 182.

14 Laurent Danchin, André Roumieux, *Artaud et l'asile*, p. 125.

사 가스통 페르디에르를 떠올렸다. 페르디에르는 당시 프랑스 남부 도시 로데즈의 정신병원 원장직을 맡고 있었고, 데스노스가 그에게 아르토를 맡아달라고 부탁한 덕에 아르토는 1943년 2월 10일 독일군 점령지 바깥에 위치해 여러 면에서 사정이 나았던 로데즈로 옮겨졌다.

아르토의 정신과 의사 페르디에르는 예술을 애호하고 예술가들과 친분이 두터우며 직접 창작을 하기도 했다는 점에서, 또 예술 치료의 일환으로 환자의 창작 활동을 적극 권장했다는 점에서 반 고흐의 마지막 정신과 의사 폴 가셰Paul Gachet와 유사하다. 가셰와 마찬가지로, 페르디에르에 대한 당대와 후대의 평가는 양가적이다. 우선은 그의 관할 하에서 아르토가 다시 그림을 그리고 루이스 캐럴Lewis Carroll의 소설 일부를 번역하여 다시 쓰면서 "점차 삶과 문학으로 되돌아오게 된 점"을 들어, "페르디에르가 아니었다면 아마도 아르토는 정신병원 장기 입원 환자들 다수를 노리는 운명처럼 완전히 '만성화'된 정신병원 환자들 중 하나가 되었을 것"이라 보는 입장이 있다.[15] 반면 아르토는 9년의 구금 기간 내내 저주문이나 편지 등 쪽글이라도 쓰며 줄곧 글을 붙들고 있었기에 아르토의 글쓰기에 관해 페르디에르의 역할을 과대평

---

15 Évelyne Grossman, *Antonin Artaud: Un insurgé du corps* (Gallimard, coll. « Découvertes Gallimard », 2006), p. 65.

가할 필요는 없으며, 아르토가 로데즈에 입원한 3년여 동안 총 58번의 전기 충격 치료를 받았다는 점, 또 이 과정에서 아르토가 페르디에르와 지인들에게 전기 충격 치료를 면하게 해달라고 간청하는 편지를 수차례 보낸 사실을 바탕으로 페르디에르와 로데즈 정신병원의 무리한 치료적 개입을 문제 삼는 입장도 있다.

연구자 플로랑스 드 메르디유Florence de Mèredieu는 전기 충격 치료 관련 논문들이 1인당 적게는 6회에서 아무리 많아봐야 40회까지면 효과를 보기에 충분하다고 명시한 점을 근거로, 아르토에게 처치된 전기 충격 치료의 수적 과잉을 지적하고 남용을 의심한다. 또 근본적으로 환자의 의사에 반해 강제로 이루어지는 정신병원의 치료적 조처가 사실상 폭력이라며 비판한다. 의사는 환자에 대한 전권을 쥐고 있으며, 정신과 의사와 환자 사이에서는 더 그렇다. 아무리 치료에 실효성이 있다 해도 환자가 치료를 무조건 받도록 강제하는 것은 다른 어떤 의학 분과에서도 가능하지 않지만, 정신의학에서는 문제 없이 허용된다. "게다가 환자의 치료 거부와 방해는 광기의 징후이자 발현으로 여겨지므로 더더욱 그 치료가 필요해진다! 그리하여 환자들은 '자신의 의사에 반해' 치료를 받게 된다. 이것이 바로 그 모든 간청과 편지와 절망의 토로에도 불구하고 전기 충격 치료를 받아야 했던 아르토의 경우에 해당한다."[16]

아르토가 로데즈 시절 페르디에르에게 쓴 다수의 편지들에는 극히 간절한 어조가 배어 있다.

나의 매우 친애하는 벗 페르디에르 선생님, 선생님께 큰 부탁과 자비를 요청 드립니다. 전기 충격 치료를 중단해 주십시오. 명백히 제 몸이 전기 충격을 견디지 못하고 있습니다. 또 지금 제 척추가 삐끗한 것도 분명 전기 충격 치료 때문인 것 같습니다. 아침에 말씀드렸다시피 제게 들러붙어 있던 악마들이 모두 사라졌습니다, 다시 올 것 같지도 않습니다. 그런데 지금 제 허리에 금이 가서 견딜 수 없는 통증을 느낍니다. 가혹한 전기 충격 치료가 이 통증의 원인인 것 같습니다. 이 치료에 부정할 수 없는 효과가 있었다 해도 더 위험한 사고가 일어나지 않도록 더는 오래 지속하지 않는 편이 좋을 것 같습니다!(1943년 6월 25일)

페르디에르 선생님, 시인의 신비주의적인 상태는 광기에서 비롯되는 것이 아닙니다. 그것은 시의 근간입니다. 저를 미친 사람으로 대하시는 것은 현실적인 삶의 존재는 결코 이해할

16 Florence de Mèredieu, *Sur l' électrochoc: Le cas Antonin Artaud* (Blusson, 1996), p. 112.

수 없는 정신 세계의 경이로움 앞에서 열다섯 살 때부터 제 안에서 끓어올랐던 고통의 시적 가치를 무시하시는 것입니다. [⋯] 선생님은 무슨 일이 있어도 제 편을 들어 주시겠다고 파리에서 약속하셨지요. 저의 비이성적인 상태는 허약한 광기에서 오는 것이 아니라 진리에서 오는 것이라고, 그것을 질병으로 취급하는 것이 언젠가는 범죄이자 무지이자 미친 짓이 될 거라고 선생님이 제게 말씀하셨잖아요. 부디 간청하건대 선생님의 진심을 떠올리시어 전기 충격 치료가 한 회기라도 더 진행된다면 그것이 저를 끝장내 버릴 수도 있다는 점을 헤아려 주시기 바랍니다.(1944년 5월 20일경)

저는 결코 제 총기를 이루는 원자의 단 한 톨도 잃어버리지 않았습니다. 제가 수용된 9년 동안, 그리고 심지어 르아브르와 루앙과 생탄의 정신병원에서 이유도 없이 얻어맞은 후조차도 저는 그 어떤 행동도 무의식적으로 행한 적이 없습니다. 제가 유일하게 의식을 상실한 때는 전기 충격 치료로 혼수 상태에 빠졌을 때였습니다. 두 달 동안 이 치료를 받고 나서는 매번 제가 뭘 했는지 알 수가 없었습니다. 바로 이런 이유로 저는 페르디에르 선생님 당신과 라트레몰리에르 선생님, 그리고 데크케르 선생님께 다시는 이 치료를 재개하지 말아 주십사 그토록 읍소드렸던 것입니다.(1946년 2월 말)[17]

초기의 글에서부터 한결같이 의학, 계급, 권력, 제도, 사회를 신랄하게 비판하던 반항적 태도는, 위의 편지 세 통에서 엿보이듯 페르디에르 앞에서만큼은 굴종한다.[18] 자유를 되찾기 위해, 아니 그보다 우선 살기 위해 아르토는 몸을 낮출 수밖에 없었던 것으로 보인다. 행정 입원 상태에서 벗어나려면 정신과 의사의 승인이 필수적이었고, "심장과 의식 정중앙에 꽂힌 칼"처럼 고통스러운 전기 충격 치료를 계속하느

---

17 Antonin Artaud, *Nouveaux écrits de Rodez* (Gallimard, coll. « L'Imaginaire », 2007), pp. 40, 96-97, 113.

18 이러한 의사와 환자 사이의 권위적, 굴종적 권력관계는 아르토가 《반 고흐》의 서두에서 언급한 제라르 드 네르발과 그의 정신과 의사 에밀 블랑슈Émile Blanche 사이에서도 발견된다. 1853년 12월 3일 에밀 블랑슈의 사설 요양원에 입원해 있던 네르발은 외출을 하는 것도, 병문안을 받는 것도 금지되자 블랑슈 박사에게 애원과 아첨이 섞인 다음과 같은 편지를 보냈다. "10일인가 12일 동안 제가 밖에 나가지 못했던 점을 헤아려주십시오. […] 이제 제가 일요일인 내일 제 아버지를 뵈러 가도록 허락해 달라고 당신께 감히 부탁드려도 될까요? […] 아버지를 뵈어야 사기가 충전되고 일을 계속할 수 있는 에너지도 얻을 수 있습니다. 제 생각에 제가 일을 계속하는 것이 유익할 따름이고, 그것이 또 당신의 요양원에도 좋은 일일 텐데요. 아버지를 뵙고 올 수 있다면 그토록 오랫동안 제 머릿속에 꽉 차 있던 이 모든 환각들을 털어버릴 수 있을 것입니다. 이 병든 환상 뒤에는 보다 더 건전한 생각들이 이어질 테고, 저는 당신의 치료와 재능을 입증하는 살아 있는 증거로서 세상에 다시 나타날 수 있을 것입니다. […] 당신은 여전히 쓸모가 있을 한 작가를 사회에 되돌려 놓게 되실 겁니다. 당신은 이미 저를 통해 친구이자, 무엇보다 숭배자를 얻으셨고요." Laure Murat, *La Maison du docteur Blanche. Histoire d'un asile d'aliéné et de ses pensionnaires, de Nerval à Maupassant* (Hachette Littérature, 2001), pp. 112-113.

냐 종결짓느냐를 결정하는 것도 전적으로 페르디에르의 손에 달려 있었기 때문이다. 그만큼 그는 이 광기의 수용소의 지옥문을 지키는 개, "진물 나고 곪아 썩은 케르베로스"이면서 또한 아르토의 자유와 생명에 대한 전적인 결정권을 쥔 절대자였다.(62쪽) 이런 맥락에서, 3회차 전기 충격 치료 당시 강한 진동 때문에 온몸이 들어올려졌다 내려앉으면서 발생한 충격으로 척추에 골절상을 입은 직후 아르토가 편지를 통해 페르디에르에게 "내게 들러붙어 있던 악마들이 모두 사라졌다"라고 말한 것이나, 13회차 전기 충격 치료 이후의 편지에서 "끔찍하지만 이로운 전기 충격의 요동이 지나간 뒤 나 자신에 대한 통제력을 되찾았다. 내 기억이 한동안 훼손되어 있었다면, 지금 내 기억은 이전보다 더 또렷하게 돌아왔다. 자아의 깊숙한 데를 틀어막고 있던 두터운 먼지와 찌꺼기가 의식에서 빠져나갔기 때문이다"[19]라고 말한 것은, 전기 충격의 치료 효과를 입증하는 회복된 환자의 믿음직한 진술인가, 끔찍한 시술을 막기 위해 자기 정신 세계의 진실을 스스로 틀어막으면서까지 '제정신'을 증명하려는 (진정한) 광인의 눈물겨운 절규인가.

그 어느 쪽이라 한들 페르디에르는 아르토를 빠르게 '치

19 Antonin Artaud, *Nouveaux écrits de Rodez*, p. 59.

료'하기 위해, '병'에서 '건강'으로 신속하게 상태를 전환하기 위해 이후에도 45회의 전기 충격 치료를 강행한다. 이 치료 기법에서 드 메르디유는 투명성의 폭력을 읽어낸다. 서양 의학이 인간 신체를 기관들의 결합이자 해부학적 구조로 파악한 것은 신체를 보이지 않는 곳까지 낱낱이 보기 위해서였다. 이렇게 투명해진 신체는 앎과 통제의 대상이 된다. 이를 바탕으로 의학과 사회는 개인의 신체를 손쉽게 점령한다. 전기 충격술은 신체에 행해진 이러한 전술을 정신 영역에 그대로 적용한다는 발상에서 기인한다. 결국 의학은 정신을 포함한 인간의 내외부 전체에 대한 절대적인 투명성을 확보한다. 이를 통해 의학과 사회는 개개인의 정신의 영역마저 무단 침입으로 정복한다. 이런 의미에서 전기 충격술은 "정신의학이 정신의 이상이나 탈선을 상대로 작동시키는 전쟁 기계"[20]다. 하지만 이 '전쟁'은 아르토가 염원하는 전쟁, 재난, 페스트에 비하면 얼마나 평화롭고 기만적인가. 아르토의 어휘장에서 전쟁이란 경찰, 군대, 병원, 시청을 붕괴시키고 모든 규칙을 무너뜨리며 유기체를 완전히 해체해, 자연의 모든 힘을 발산시키고 억압되어 있던 무의식을 해방시키며 병과 악을 범람케 하는 절대적 파괴인 반면, 정신의학이 전기 충격술을 통

20 Florence de Mèredieu, *Sur l' électrochoc: Le cas Antonin Artaud*, p. 233.

해 개인의 정신을 침탈하는 목적은 "이상적으로 정상인, 너무 정상적이라 당황스럽고 막연할 만큼, 기계적이고 완벽하게 정상인 사람을 재구축하기 위해 개인의 정신 영역을 보고 펼쳐 놓고 해체한 다음, 아는 것, 통제 가능한 것, 정상적인 것을 기준으로 다시 감아서 재건하는 것"[21]이기 때문이다.

우리는 아르토가 신체 기관들의 유기적 연결 관계를 해체하여 '기관 없는 신체corps sans organes'에 이르기를 얼마나 바랐는지, 그리하여 해부학과 해부학적 사유를 소탕하기를 얼마나 꿈꿨는지 잘 알고 있다. 해부학 자체를 불가능하게 만드는 '기관 없는 신체'는 의학이 확보한 신체의 투명성에 대항하는 방어책이 될 수 있을까? "이제 결단을 내려 무력화시켜야 하는 것은 인간이다. 어떻게? [⋯] 인간을 마지막으로 한 번 더 부검용 테이블 위에 눕혀 또 다시 해부함으로써. [⋯] 기관보다 더 쓸모없는 것은 없다. 당신이 인간에게 기관 없는 신체를 만들어주었다면, 당신은 인간을 그 모든 자동 기계와 같은 움직임으로부터 해방시키고 그에게 진정한 자유를 돌려주었을 것이다." "해부학적 인체를 춤추게 하라, 위에서 아래로, 아래에서 위로, 뒤에서 앞으로, 앞에서 뒤로, 그런데 뒤에서 앞으로보다는 뒤에서 뒤로 훨씬 더 많이."[22] 고정된 유

21 Florence de Mèredieu, *Sur l'électrochoc: Le cas Antonin Artaud*, p. 236.
22 Antonin Artaud, "Pour en finir avec le jugement de dieu," *Œuvres*, p. 1654;

기적 연결망 속에 뿌리 박힌 기관들이 없는 신체라면, 기관
들 사이의 접합 관계가 수시로 변하고 매 접속이 시시때때
로 각 기관들에 돌연한 기능을 가능케 한다면, 고정불변한
해부도는 절대 그릴 수 없을 것이다. 개인의 신체를 전유하고
조작하여 '건강한' 몸과 '정상적' 정신으로부터 생산성을 끌
어내려는 의학과 사회의 기획은 시작도 전에 좌초될 것이다.
그들은 절대 신체를 겁탈하지 못할 것이다.

"말 여러 마리가 머리를 짓밟고 가는 듯"한 물리적 고통
으로 아프더라도, 혹은 "모든 수준에서 내 사유가 나를 저
버리는" 탓에 "정신의 지독한 병으로 괴롭"[23]더라도 이 모든
고통은 온전히 아르토의 것이다. 자신의 고통을 의학에 양도
하는 것, 그렇게 존재 전체가 의학과 사회가 정한 신체적, 도
덕적 표준 범주에 포섭됨으로써 사회와 타협하는 것, 그것이
'치료'된다는 것의 아르토적인 의미인지도 모른다. "나는 평
생 아팠으며 이 고통이 지속되기만을 바란다. 왜냐하면 생명
이 결손된 상태는 내 넘치는 역량에 관해 '건강하기만 하면
됐다'라는 프티부르주아적인 포만함보다 훨씬 더 많은 것을

Antonin Artaud, "Le théâtre de la cruauté," *Œuvres Complètes*, tome XIII
(Gallimard, 1974), p. 109.

23 Antonin Artaud, "L'ombilic des limbes," *Œuvres*, p. 110; Antonin Artaud,
"Correspondance avec Jacques Rivière," *Œuvres*, p. 69.

알려주었기 때문이다. […] 병을 치료한다는 것은 범죄다."[24]
고통은 치료가 목적일 때는 의학과 사회의 대상이 되지만, 고스란히 겪어 내리라는 다짐 하에서는 자기 자신의 삶 그 자체가 된다. 아르토는 말한다. "나는 내 고통의 주인이다."[25] 그에게 병은 하나의 상태다. 건강은 병든 상태보다 "더 추하고 비겁하고 치사한"[26] 또 다른 하나의 상태일 뿐이다. 정신에 10만 개도 넘는 면면이 있는 반면 의식 혹은 제정신이란 그저 하나의 면에 불과한 것처럼 말이다.[27] 그렇다면 각자가 가진 정신 세계의 고유한 풍경은 어째서 사회가 정한 단 하나의 표준적 풍경화에 맞춰져야 하나. 누군가의 내면에 실재하는 엄연한 진실은 어째서 자의적이고 어용적인 정신의학의 기준에 의해 부정당하고 교정당해야 하나. 그 자가 믿는 진실이 설령 그들 눈에 망상이고 거짓이라 한들 거짓으로 사는 삶 그 자체의 있는 그대로의 진실이 진실이 아니라고 말할 수 있는가. 그 판단을 왜 그들이 하는가. "내 안의 것에 대한 심판자는 오직 나다."[28]

《반 고흐》에서 아르토가 페르디에르의 이름을 똑똑히

---

24 Antonin Artaud, "Les malades et les médecins," *Œuvres*, p. 1086.

25 Antonin Artaud, "L'ombilic des limbes," p. 114.

26 Antonin Artaud, "Les malades et les médecins," p. 1086.

27 Antonin Artaud, "Pour en finir avec le jugement de dieu," p. 1648.

28 Antonin Artaud, "L'ombilic des limbes," p. 116.

언급한 대목이 있다. "가셰 박사는 반 고흐에게 (로데즈 정신병원 병원장 가스통 페르디에르 박사가 자신은 나의 시를 바로잡아 주기 위해 있는 사람이라고 내게 말했던 것처럼) 그의 곁에서 그의 회화를 바로잡아 주겠다고 말하지는 않았다. 그렇지만 그는 반 고흐가 사유의 고통에서 벗어나기 위해서는 자연의 풍경 속에 파묻혀야 한다며 풍경화를 그리라고 그를 내보냈다."(56쪽) 아르토는 마치 자신의 분함이 터져나가지 못하게 붙들어 두려는 듯이 페르디에르를 언급한 문장을 괄호 안에 가둔다. 분통의 요인은 '나의 시를 바로잡아 준다'라는 표현에 있다. 1946년 2월 로데즈에서 퇴소하기 직전 아르토는 어느 편지에서 "더 이상 어떤 의사에게서도 '아르토 씨, 제가 여기 있는 건 당신의 시를 바로잡아 주기 위해서입니다'라는 말을 듣고 싶지 않다. 내 시는 오직 나에게만 관계되는 것, 경찰 나부랭이에 불과한 의사는 시나 연극, 예술에 아무 권한도 없다"[29]라며 울분을 토한 적이 있었던 것이다.

반 고흐의 경우도 마찬가지다. 그가 그림을 그리러 나가든 말든 가셰가 허락하고 말고 할 일이 아니다. "누군가가 반 고흐에게서 그의 내부에 직접 자기만의 길을 내고 그 길을 따

---

29 Évelyne Grossman, *Antonin Artaud: Un insurgé du corps*, p. 74.

라가는 데 꼭 필요한 빛을 앗아가 버렸다" 한들, "그 길을 알려줄 수 있었던 사람이 가셰 박사는 아니었다."(58쪽) 반 고흐의 길은 반 고흐만이 낼 수 있고, 그 길을 내는 데 필요한 빛을 빼앗겼다면 스스로 불빛을 밝힐 일이다. 그래서 그가 "모자에 열두 개의 초를 달고 한밤중에 풍경화를 그리러" 밤길을 걸어가곤 했던 것이다. "그러면 스스로 빛을 밝히기 위해 가여운 반 고흐가 어찌 했어야 했단 말인가?"(44쪽) 그런데 가셰는 반 고흐가 그림을 그리러 나가려고 돌아서는 순간 "악의는 전혀 없지만 깔보는 듯이 코를 슬쩍 찡그려 보임으로써" "그에게서 생각의 스위치를 꺼버렸다." "그 별 것 아닌 찡그림에는 이 땅의 부르주아적 무의식이 백 번을 억누르고 억누른 생각으로 이루어진 기이한 힘이 깃들어 있었다."(57쪽) 가셰는 교양 있는 부르주아로서 차마 '저 미친놈'이라고 말할 순 없어 그 마음을 콧잔등에 꾹꾹 눌러 담아 경멸조로 찡긋해 보인 것일까? 그러나 반 고흐는 "지독한 감수성"의 소유자였기 때문에 이 작은 표정 변화도 놓치지 않았다.(57쪽) 가셰는 찰나의 코 찡그림으로 반 고흐에게서 사유의 고통이라는 "문제의 해악"만 차단한 것이 아니라, 영감의 숨결이 지나는 "유일한 통로의 목구멍에 박힌 끔찍한 못", 창작이라는 연금술의 재료가 될 "유황 불씨"마저 제거해 버렸다.(57쪽) 그 못이 아무리 찌르고 그 불씨가 아무리 위험하다 해도 반 고흐는 그 고통을 가지고서 영감의 숨결이 드나드는 구멍 앞에서 온몸이 경직된 채 그림을 그린 것이었는데 말이다.

가셰의 눈에 한낱 치료와 제거의 대상인 반 고흐의 정신적 개별성과 이에 수반되는 고통은 사실 반 고흐의 생애와 내면세계의 진실이고, 진실인 만큼이나 그에게는 건강한 사유이며, 그가 그림을 통해 자기 안에 길을 내고 그 길을 따라가는 데 비록 설핏하나 지지가 되는 충직한 빛이다. 정신의학의 규정상 광기인 그것이 자기 자신의 진실이자 자기 '생'의 실재이고 그 실재하는 진실의 결정체가 곧 그림이라면, 이를 부정당하는 것은 자신의 모든 것을 부정당하는 것이다. 이런 이유로 그의 광기를 이해하는 대신 진정시키려 애썼던 동생 테오도, 세상을 보는 반 고흐의 '건강한sain' 방식이 퍼져 나가게 되면 사회가 더 이상 존재할 수 없을까 봐 그에게서 모든 건강한 사유를 제거하려 했던 가셰 박사도 모두 반 고흐의 죽음에 책임이 없지 않다. "가셰 박사와 반 고흐의 동생 테오 사이에서, 그들이 데려간 환자에 관해 정신병원 원장들과 나눈 역겨운 비밀 가족 회담이 얼마나 많았던가. […] ― 형, 의사 선생님이 그러셨는데, 그런 생각을 다 버려야 한대, 그 생각들이 형을 아프게 하는 거래, 그런 생각을 계속하가다는 형 평생 정신병원에서 살다 죽어야 해. ― 반 고흐

씨, 안됩니다, 정신 차리세요, 잘 보세요, 다 우연입니다, 모든 것을 신의 섭리의 비밀로 보려 하는 것은 절대 좋지 않습니다."(62-63쪽)

아르토는 여기서 한발 더 나아가 "반 고흐가 목숨을 저버린 것은 자기 자신 때문도, 광기 그 자체의 고통 때문도 아니었다. […] 가셰 박사라고 불리며 정신과 의사로 행세했던 악귀의 압박이 그의 죽음에 직접적이고 효과적이며 충분한 원인이었다"라고 확신하기에 이른다.(55쪽) 그리고 또 한발 더 내딛어 가셰 박사가 실은 반 고흐의 천재성에 질투를 느꼈기 때문에 그를 싫어했고, 그래서 반 고흐의 광기를 '치료'한다는 구실로 실은 그의 천재성을 제거하려 했던 것이라고 주장한다. 이는 가셰가 유난히 못난 사람이라서가 아니다. 아르토가 보기에 페르디에르와 가셰를 포함한 모든 정신과 의사들은 다 그렇다. "의사이면서 괜찮은 사람이기는 거의 불가능한데, 정신과 의사이면서 동시에 어느 한 구석 명백하게 미친놈 티가 안 나기란 지지리도 불가능하다."(55쪽) "살아 있는 모든 정신과 의사들에게는 자기 앞의 모든 예술가, 모든 천재를 적으로 보는 역겹고 더러운 유전적 특성이 있다고 내가 이미 말하지 않았는가."(58쪽) 전기 충격술이나 인슐린 요법 등을 동원한 정신과 의사들의 치료는 결국 모난 돌에 정을 내리쳐 잠재된 천재성을 도려내고 개개인의 독특한 개성을 말살해 사회가 원하는 규격화된 둥근 돌을 만드는 것, 아르토 식으로 말하자면 "인간 종마種馬로부터 자아를 제거하여 공허한 상태로, 기막히게 사용 가능하고 텅 비워진 상태로 내어놓는 것"[30]이기 때문이다.

이러한 섬이 정신과 의사들의 유전적 특성이라면, 반 고흐에게 온갖 정신의학적 진단명을 덕지덕지 붙여 누더기를 만들어놓은 비어의 경우도 예외일 수 없다. 아르토는 1947년 1월 31일 이 정신과 의사가 쓴 〈그의 광기?〉를 읽은 직후 공책에 이렇게 썼다. "한낱 의사의 빌어먹을 수술칼이 위대한 화가의 천재성을 내리 만지작거리게 둘 수 없다. 생산성 없는 정신 이상자라고? 개뿔." 그리고 덧붙인 메모를 통해 우리는 아르토가 《반 고흐》를 쓴 최초의 목적을 가늠해볼 수 있다. "나는 내 건강을 위해 타산적으로 반 고흐를 변호할 것이다. 나는 곳곳에 내 건강과 내 자유의 자리를 마련해 둘 것이다."[31]

---

30 Antonin Artaud, "Aliénation et magie noire," Œuvres, p. 1138.
31 Antonin Artaud, Œuvres Complètes, tome XIII, pp. 167, 364.

"아니다, 반 고흐의 그림에 유령은 없다…"

아르토는 반 고흐가 죽음을 선택할 만큼 괴로웠던 근본 원인이 "광기 그 자체의 상태" 때문이라고 생각하지 않는다. 반 고흐는 자신의 육신 전체가 "정신보다 살이 중한지, 살보다 육체가 먼저인지, 살이나 육체보다 정신이 우위인지를 놓고, / 이 인류의 편파적인 정신이 태곳적부터 논쟁을 벌여왔던 문제의 장이 되었기 때문에" 죽을 만큼 고통스러웠다.(45쪽) 그러나 한 개인의 존재가 이처럼 속수무책으로 철학적 논쟁의 대상이나 의학적 사례로만 다루어지는 가운데 반이성으로서의 광기로도 질환으로서의 정신착란으로도 환원될 수 없는, 그 누구의 것도 아닌 자기 자신만의 "인간적 자아의 자리"는 어디에 있나? 아르토는 반 고흐가 평생 동안 "묘한 기개와 결단력으로" 그것을 찾으려 했으며 종국에는 자기가 무엇이었고 자기가 누구였는지를 발견하는 데 이르렀다고 말한다.(45쪽)

이러한 반 고흐의 발견을 아르토는 '계시 받은illuminé', '은밀한, 오컬트한occulte', '초자연적인surnaturel' 등의 신비주의적 단어들로 표현한다. 아르토는 《반 고흐》를 집필하던 1947년 3월경 앙드레 브르통André Breton에게 보낸 편지에서 계시와 신비주의에 대한 자신의 의견을 개진한다. 이 편지에 따르면 아르토는 기본적으로 비밀스럽게 감춰진 세상이 따로 존재하고, 거기에 계시 받은 매우 소수의 사람들만이 입문하여 그 세계의 비의적 앎에 접근한다는 생각에 반대한다. 그럼에도 불구하고 그의 사유를 좀 더 따라가다 보면 아르토가 받아들일 수 없는 것은 신비주의적인 것 일체가 아니라, 아무리 선택받은 소수라 할지언정 복수의 사람들이 공유할 수 있는 단 하나의 오컬트적 세상이 선험적으로 존재한다는 발상임을 알 수 있다. "오컬트함은 나태함에서 생겨납니다. 그것은 오컬트하지 않습니다. 다시 말해 은밀하지 않아요."[32]

아르토의 관점에서 진짜 오컬트한 세계는 미리 존재하는 것도, 타인과 공유할 수 있는 것도 아니다. 계시는 초자연적이거나 종교적인 존재로부터 수동적으로 받는 것이 아니다. 입문도 마찬가지다. "어느 누구도 그 무엇에 대해서도 나를 입문시킬 수 없으리라."[33] 오컬트함은 배타적으로 개인적이고, 절대적으로 자발적인 조건에서만 획득될 수 있다. 그래야만 어느 누구에게도 읽히지 않는 은밀하고 비밀스러운 어떤 것으로서 오컬트적일 수 있다.

32 Antonin Artaud, "Cinq lettres à André Breton," Œuvres, p. 1211.
33 Antonin Artaud, "Cinq lettres à André Breton," pp. 1209-1210.

하나의 거대한 코스모스로서의 우주는 없습니다. 개개인은 오직 자기에게만 속하는 자기만의 세계입니다. 개인은 자신의 세계를 살아 있게 만듦으로써, 다시 말해 팔과 손과 다리로, 자기 자신의 개인적이고 빼앗길 수 없는 의지의 숨결로 자기만의 세계를 창조함으로써 그 세계에 입문할 수 있습니다. 스스로 입문할 생각이 없는 사람이라면 어떤 타인도 그를 입문시킬 수 없을 것입니다. 세상에 태양, 달, 별이 있는 이유는 모든 사람들이, 반 고흐가 열두 개의 촛불을 단 모자를 쓰고 밤중에 그림을 그리러 간 것처럼 각자가 스스로 자기만의 불빛을 밝히는 참된 세상에서처럼 행동하지 않고, 보편적 빛이라는 이 점에 관해 신이라 불리는 양아치 개념에 동조해버렸기 때문입니다. 그만큼 사람들은 유식한 체하는 작자들과 조물주와 그의 보좌관들이 모인 이 연합체가 강요하는 것의 혜택을 받아 빈둥거리며 노력 없이 빛을 받는 것을 더 좋아했던 것입니다. 외부의 자연이나 타인에게서 찾지 않아도 인간의 몸에는 충분한 태양과 행성, 강과 화산, 바다와 늪지가 있는데도 말이죠.[34]

개인이 어떤 보편 지식에도 의존하지 않고 스스로의 힘으

34 Antonin Artaud, "Cinq lettres à André Breton," pp. 1209-1210.

로 사유하여 오직 자기에게만 해당되는 우주를 지어 그 안에서 단지 자기 자신일 뿐인 자아와 만나는 것, 그것이 아르토가 생각하는 오컬트함, 신비주의, 계시론이다. 아르토는 위의 인용문에서처럼 반 고흐를 스스로 사유하는 노력을 통해 자신만의 은밀한 세계로 들어선 사례로 든다. 여기에서 아르토는 정신과 의사들과 뭇사람들이 반 고흐가 광인이었다는 물증으로 제시하곤 했던 촛불 모자 일화를 오히려 그가 스스로 빛을 밝혀 계시되었다는 증거로 사용한다. 아르토의 눈에 반 고흐는 'illuminé'라는 프랑스어 단어가 뜻하는 본래적 의미('빛을 밝히는')와 비유적 의미('계시 받은') 모두에서 'illuminé'된 자, 즉 촛불 열두 개로 스스로 '빛을 밝힌' 자이자 어느 누구에게도 간파되지 않을 비밀스런 자아와의 만남을 통해 '계시 받은' 자였다.

이 계시는 반 고흐의 그림에 직접적인 영향을 미친다. 아르토는 "한 편에는 예술, 다른 한 편에는 삶을 두는 이념, 예술을 위한 예술이라는 이념"[35]을 맹공하고 삶과 예술의 불가분성, '생'의 맥동을 간직한 예술을 부르짖어 왔던 만큼, 반 고흐의 계시 또한 반 고흐의 삶과 작품, 무엇보다 창작의 과정과 직결시킨다. "반 고흐는 자연을 대상으로 삼고, 인간의

35 앙토냉 아르토, 《연극과 그 이중》, 140쪽.

육체를 솥이나 도가니로 삼았던 어둠의 연금술 작업들 중 하나에 부단히 전념했다."(59쪽) 그리고 어느 단계에 이르러 이 연금술 작업은 성공을 거둔다. "말하자면 반 고흐는 신비적 계시illuminisme의 단계에 이르렀는데, 거기서는 휩쓸려 들어오는 물질 앞에서 흐트러진 사유가 역류하고, / 생각한다는 것은 더 이상 진이 빠지는 일이 아니며, / **더는 생각이 존재하지도 않게 된다.**"(59-60쪽) 다시 말해 이러한 계시의 단계에 이르면 그림을 그릴 때 더 이상 사유를 기반으로 하지 않는다. "뇌와 의식 너머에서 이렇게 되찾은 직접적 창조의 세계"에서 반 고흐는 단지 "**형체를 그러모으기만**ramasser corps 하면, 그러니까, / **형체들을 괴어 놓기만**ENTASSER DES CORPS 하면 된다".(60쪽)[36] 이런 이유로 반 고흐의 그림에서 광기의 흔적을 찾는 것은 헛된 일이다. 왜냐하면 그의 창작 작업은 제정신이나 광기를 측정하는 부위인 뇌와 무관하기 때문이다. 반 고흐는 "뇌 없는 신체corps sans cerveau"로 그림을 그린 것이

---

36 그렇다고 성실을 요하는 그림 그리기의 지난한 물리적 작업과 신중함이 간과되는 것은 결코 아니다. "튜브에서 짜낸 그대로의 물감과, / 한 올 한 올 물감을 찍어 바르는 붓촉의 콕콕댐, / 자신만의 태양 속에서 돋보이는 대로 색을 칠하는 붓질, / 화가가 사방에서 짓누르고 휘젓느라 물감과 함께 휘감겨 오르고 춤추며 불꽃처럼 튀는 붓 끝으로"(80쪽) 점, 쉼표, 'i'를 새기고 또 새기는 과정을 무수히 반복하는 동시에 "은근하면서도 비장하게 갖다 댄 붓질 한 번도 망설이는 신중함, 그것이 바로 반 고흐의 전부인 것이다".(74쪽)

다.(60쪽) 아르토는 반 고흐를 광인으로 몰았던 의학과 사회에 맞서 "그는 미치광이가 아니었다"라고 반박했던 때와 마찬가지로, 그의 그림 속에서 광기의 증상을 캐고 그 추이를 살피려는 비평 세력과 대중에게 고한다. "반 고흐의 그림에 유령은 없다. 환영도 환시도 없다. [···] 드라마도 주체도 없고, 심지어 나는 객체도 없다고 말하리라. 결국 모티프라는 것이 무엇이란 말인가?"(70-71쪽)

아르토는 오래 전 반 고흐를 알게 된 이래로 "순전히 선형적인 그림은 나를 돌아버리게 만들었다"라고 말한다.(47쪽) 반 고흐는 눈 앞의 자연을 단순히 2차원의 선과 형태로 옮기지 않는다. 이는 그가 형체들을 있는 그대로 고스란히 주워 쌓기 때문일 것이다. 사유를 거치지 않는 이러한 '직접적 창조'는 그의 풍경화를 특별하게 만든다. 직접 야외로 나가 풍경화를 그릴 때에도 그는 풍경을 그리는 것이 아니다. 반 고흐에게서 '풍경화를 그리다peindre sur le motif'라는 프랑스어 표현 속 단어 '모티프motif'는 관용구의 구심력에서 벗어나 독립된 단어 그대로의 의미, 아르토의 시적 정의를 빌리자면 "모테트 음악에 무겁게 깔린 말없는 고대 음악의 그림자와도 같은, 자기 자신의 절망적 주제곡의 라이트모티프와도 같은 어떤 것"을 의미하게 된다.(71쪽) 이로써 그는 풍경화를 그릴 때에도 자기 자아의 진실, 자기 '생'의 경련 그 자체를 실어 나르는 고유의 곡조를 짓는다. "반 고흐가 자신의 그림들을 당연히 화가로서, 그리고 오직 화가로서 바라보았으며, / **바로 그 이유로 인해** / 그가 굉장한 음악가이기도 하다는 증거."(75쪽)

주간지에서 정신과 의사가 반 고흐에 관해 쓴 모욕적인 글을 읽은 지 이틀 뒤인 1947년 2월 2일, 아르토는 곧장 오랑주리 미술관으로 가서 반 고흐의 그림과 대면했다. 흔히 하는 생각과는 달리, 진정 위대한 예술은 감상자를 재현된 환상의 세계로 빨아들이는 대신 그의 감상에 저항하고 나아가 그를 뱉어내는지도 모른다. 반 고흐는 자신의 그림에 성이 아닌 이름으로 서명했다. 프랑스어에서 '포도주'를 뜻하는 '뱅vin', 그리고 '피'를 뜻하는 '상sang'과 발음이 같은 그의 이름 '뱅상Vincent'이 새겨진[37] 그림들에서 아르토는 단숨에 포도주와 피, 그 도취와 잔혹의 냄새를 맡는다. 그러나 자기만의 취향에 따라 이 냄새에 이끌려 가려 하면 곧장 반 고흐의 그림은 "종말의 사산화이질소 냄새"를 발산하며 다시금 아르토를 뱉어낸다.(77쪽)

그의 그림은 냄새를 통해서만이 아니라, 잔잔해 보이지만 실상은 폭발 직전의 에너지를 품은 채로 전율함으로써

---

37 Évelyne Grossman, "Les virgules de Van Gogh," p. 136.

평온하고 안락한 감상을 거부한다. 보는 이를 "무장 해제시키는 단순함"(71쪽)을 지닌 그의 그림은 실상 "자연과 사물의 모든 형태를" 타격한다.(47쪽) 회화의 수단을 넘어서지 않으면서도 "회화를 절대적으로 넘어선 유일한 자, 절대적으로 유일한 자"인 반 고흐는 한낱 건초 더미를 그리더라도 그로부터 꿰뚫을 수 없는 전율을 끄집어낸다.(75쪽) 그는 잔잔한 자연의 재현 속에서 "반격의 힘"을 "솟아오르게 만들"고(74쪽), 그의 캔버스에 담기는 자연은 꼼짝 않고 있지만 "경련의 와중에 있는 것처럼"(47쪽) 고유한 '생'의 맥박을 오롯이 간직하고 있다. 이처럼 반 고흐의 그림들은 아르토를 단지 시각적으로만 자극하지 않는다. "사물들의 신경증적 운명"의 "사나운 형상을 목 조르고"(48쪽) "자연을 다시금 […] 땀 흘리게"(69쪽) 만드는 반 고흐의 그림에서 아르토는 그야말로 대폭발 직전의 완고한 전율, 이 경련하는 정적을 온몸으로 감각한다. 아르토에게 반 고흐의 그림이 음악이 되는 전환은 고요한 화폭을 경련케 하는 이 진동에서 연유하는지도 모른다. 음악이란 근본적으로 공기를 떨리게 만드는 진동이므로. "그는 재현 아래에서 음악이 솟아나게 만들었다. 그리고 재현 안에 신경을 가두어 놓았다. 그 음악과 신경은 자연 속에 있는 것이 아니다. 그것은 진짜 자연의 음악과 신경보다 더 진짜인 어떤 자연과 어떤 음악에서 온 것

이다."(75쪽)

계시된 자는 외부나 타인이 아닌 자신의 내면에서 별과 산과 바다를 발견한다는 아르토의 계시론에 비춰보면, 여기서 말하는 '어떤' 자연과 '어떤' 음악은 반 고흐 고유의 자아에서 비롯한 자연, 그의 깊고 깊은 내면에서 생동하는 '생'의 경련과 공명하는 음악을 의미하는지 모른다. 아르토가 보기에 반 고흐는 그 어떤 정신과 의사보다도 더 정확하게 자신의 '병maladie'이 어디에 있는지 알고 있었다. 그리고 아르토는 그의 '병'이 있는 곳에 그와 자신의 진실이 있음을 직감한다. 그곳은 소실점처럼 까마득한 내면의 심연 속이다. "나로 하여금 어쩔 수 없이 내면으로 되돌아가게 만드는 것, 그것은 바로 나의 내면을 통과하며 이따금 나를 사로잡는 이 애석한 부재이다, 그러나 나는 이 부재 속에서 똑똑히, 아주 똑똑히 본다, 나는 심지어 무néant가 무엇인지 알고 있으며, 그 안에 무엇이 있는지 말할 수도 있으리라."(90-91쪽) 반 고흐는 자화상에서 자신의 "눈동자가 허공vide 속으로 흘러 들어가는 순간"을 포착했다.(90쪽) 그 어디에도 닿지 않은 채 공중에서 멎어버린 이 공허한 시선에서, 아르토는 오히려 무無 안에 생생하게 존재하는 무한을 주시하는 "더할 나위 없이 총명한" 총기를 간파한다.(89쪽) 그리고는 그 끝없는 무한의 들끓음을 꿰뚫어 보는 반 고흐의 눈에 자신의 눈을 맞추어 그의 화폭을 들썩이게 하는 '생'의 경련을 감각한다.

문학적으로 말하는 것이 아니라sans littérature, 정말로 나는 폭발하는 풍경 속에서 반 고흐의 핏빛 붉은 얼굴이 내게로 다가오는 것을 보았다,

> kohan
>
> taver
>
> tensur
>
> purtan

작열하는,

피폭되는,

파열하는 풍경 속에서,

가여운 미치광이 반 고흐가 평생 제 목에 걸고 살았던 연자맷돌에 복수를 가하는 풍경들.

무엇을 위해서인지도 어디를 향해서인지도 모른 채 그림을 그리는 것으로 짊어진 돌덩이.(78-79쪽)[38]

---

38 아르토의 이 표현은 반 고흐가 테오에게 보낸 1888년 8월 6일자 편지 속 다음의 문장을 떠올리게 한다. "나는 내 몸 안에 틀어박혀 있고, 이 몸은 맷돌에 갈리는 곡식처럼 미술의 톱니바퀴에 박혀 있어." 빈센트 반 고흐, 《고흐 영혼

반 고흐의 "거친 경련, 광폭한 트라우마의 풍경들"은 이글대고 전율한다.(85쪽) 아르토는 이 동요하는 풍경을 열이 펄펄 끓는 신체와 비교한다. 우리 몸에서 열이 나는 것은 잃어버린 '건강' 상태를 회복하기 위해서다. 그런데 대체 '건강'이란 무엇인가? 아르토에게 건강은 태평성대보다 오히려 전시 상태에 가깝다. '건강'은 문제적 과잉이나 결핍, 이상, 질병 등을 면한 평온한 상태가 아닌, "딱지 앉은 수많은 상처들을 통해 적응을 끝낸 고통의 과잉, 생을 살아내겠다는vivre 뜨거운 열의의 과도함"이 작동되는 '생'의 소란이자 역동이다. "달아오른 폭탄 냄새를 맡아보지도, 아찔한 현기증을 느껴보지도 못한 사람은 마땅히 살아 있다고 할 수 없다. / 이것이 가련한 반 고흐가 이글대는 불꽃으로 표명하고자 했던 위안이다."(84쪽) 이런 맥락에서 반 고흐의 풍경이 진동하며 발열하는 것은 그 자체로 건강한 '생'을 증명한다. 그리고 우리는 반 고흐가 어떻게 이 건강한 '생'의 약동을 고이 지켜낼 수 있었는지 알고 있다. 회화에서 음악을 추출하는 연금술, '뇌 없는 신체'의 '직접적 창조'를 통해서다. '생'의 경련은 뇌가 아닌 신경과 관계하고, 사유 아닌 감각을 경로로 삼으며, 말이 아닌 음악에 가까울 때에야 있는 그대로의 생생

의 편지》, 677쪽.

215

함을 간직할 수 있다. 이 '생'의 맥동을 온전히 그러잡기 위해 그림조차 음악이 되어야 한다면, 이는 언어 예술도 마찬가지다.

아르토가 《연극과 그 이중》을 통해 잔혹극을 구상했을 때, 그 출발점이자 중심에는 서양 연극에서 텍스트의 독재에 대한 문제의식이 있었다. 아르토가 보기에 서양 연극은 희곡 텍스트에 전적으로 종속되어 텍스트를 구성하는 활자의 음성적 번역이 되는 데 만족함으로써, 공간 속에서 교차하고 충돌하는 여러 '생'의 운동 그 자체라는 연극 본연의 힘을 잃은 채 '생'에 대해 말하기만 하는 입으로 전락해 버렸다.[39] 따라서 잔혹극의 가장 중요한 임무는 연극을 텍스트의

---

39 스무 편 남짓한 영화에 배우로 출연하고 열 편가량의 시나리오를 쓰기도 했던 아르토가 영화라는 매체에 품었던 초기의 기대와 낙관이 실망과 비관으로 고꾸라지게 된 것도 같은 맥락에서 이해될 수 있다. 1927년 아르토는 영화에 대해 이렇게 말했다. "영화는 사물들을 [프레임 안으로] 분리해 냄으로써, 이 사물들이 점점 더 그 자체의 일반적인 의미에서 벗어나 독립체가 되게 하는 별도의 생vie을 사물들에 부여한다. [⋯] 본질적으로 영화는 우리와 직접적으로 관계되는 모든 오컬트한 생vie occulte을 드러내 주는 매체다." Antonin Artaud, "Sorcellerie et cinéma," Œuvres, p. 257. 그러나 1933년 아르토의 의견은 이렇게 돌변한다. "영화적 세계는 허망하고 동강난 죽은 세계다. 사물들을 에워쌀 수 없는 것은 고사하고, 영화는 생의 중심으로 들어가지 못한 채 다만 형태에 접근할 수 있을 뿐이다[⋯]. 우리는 [영화에서] 생을 다시 만들어내지 못한다." Antonin Artaud, "La Vieillesse précoce du cinema," Œuvres, pp. 382-383. 영화에 관한 아르토의 이 상반된 두 입장 사이에 무슨 일인가가 벌어졌다. 바로 유성 영화가 출현한 것이다. "유성 영화가 나온 이래로, 말로 하는 설

예속으로부터 해방하는 것, 연극에 분절 언어를 대체하는 새로운 언어를 찾아주는 것이다.[40] 이 새로운 언어는 "자연적인 유사성의 체계를 무너뜨리지 않는 언어", "진정한 상형 문자", "제스처와 자세에 의한 언어", "오브제, 침묵, 고함, 리듬과 공모한 신체적 언어", "공간을 활용하면서 공간이 말하도록 하는 것을 목적으로 하는 언어"이다. "우리는 최소한 활동적이고, 조형적이며, 호흡의 근원인 언어로 되돌아가야 합니다. 단어에 생명을 부여하는 신체적 움직임과 단어를 연결해야 합니다. 또한 파롤parole의 논리적이고 추론적인 면은

명이 이미지의 무의식적이고 자발적인 시詩를 중단시켰을 뿐 아니라, 특정 이미지의 의미가 말에 의해 설명되고 완성되는 사태는 영화의 한계를 드러낸다." Antonin Artaud, "La Vieillesse précoce du cinema," p. 383. 아르토에게 영화 (무성 영화)는 음악, 미술, 시가 그러하듯 이미 그 자체로 자기만의 언어를 가진 예술이었다. 그런데 유성 영화의 등장과 함께 영화의 언어인 이미지에 말이 개입됨으로써, 이미지의 자율성이 분절 언어의 고착성에 지고 말아, 이미지는 이제 단 하나의 의미로만 고정되고 재현의 차원에 주저앉는다. "낡은 언어가 상징이라는 자신의 힘을 잃고 정신이 재현이라는 장난에 진력이 난 바로 지금 이 시점에, 영화는 우리 사유의 전환점에 이르렀다"라고 긍정적으로 생각했던 1927년 아르토의 기대 섞인 진단을 배반한 것, 그것은 바로 언어에 장악된 이미지, 유성 영화의 도입이었던 것이다. Antonin Artaud, "Sorcellerie et cinéma," p. 257.

40 "자신의 언어를 돌려받기 전까지는, 연극은 행동의 특별한 힘을 돌려받지 못할 것이다." "자, 실제로 일어날 일은 이렇습니다. 그것은 예술 창조의 출발점을 바꾸는 것이며 연극의 습관적인 규칙을 전복시키는 것입니다. 이는 분절 언어를 자연의 다른 언어로 대체하는 것입니다." 앙토냉 아르토, 《연극과 그 이중》, 163, 201쪽.

신체적이고 정서적인 면 밑으로 사라지게 해야 합니다. 즉, 단어들을 오로지 문법적으로만 말하는 대신 음성 측면에서 이해해야 하며, 움직임으로서 포착해야 합니다."[41] 아르토는 잔혹극 논의를 이처럼 언어에 대한 비판을 중심으로 풀어나 감으로써 말과 글에 대한 경배에 가까운 존중을 근간으로 세워진 유럽 문화와 문명을 꼬집고, 유럽 문화가 부여한 정신-이성-말의 권위에 신체-감각-제스처라는 무기를 들고 도전한다.

아르토가 잔혹극을 위해 제안하는 새로운 언어는 묘사하거나 의미하지도, 규정하거나 논증하지도 않는다. 다만 소리 그 자체로 진동하며 살갗과 신경을 건든다. 이 언어는 사유를 가두고 고정하는 대신 "감성을 준동"시킨다. 아르토가 《연극과 그 이중》에서 걸작과 결별해야 한다고 주장할때, 이는 걸작이 글로 쓴 것이라면 무턱대고 받드는 "새로운 형태의 우상 숭배이자, 부르주아 순응주의의 한 양상"의 중심에 있기 때문이기도 하지만, 무엇보다 걸작이 "문학적 littéraire"이기 때문이다. 여기서 아르토는 '문학적'이라는 표현을 "시간의 필요성에 어떠한 대응도 하지 못하고 형태 속에 고정[42]됨을 뜻하는 멸칭으로 쓴다. '생'의 경련을 경직시

41 앙토냉 아르토, 《연극과 그 이중》, 217-218쪽.
42 앙토냉 아르토, 《연극과 그 이중》, 137-138쪽.

키는 모든 굳은 말은 '문학적'이다. 이런 맥락을 고려하면, 앞에서 제시한 인용 속 "문학적으로 말하는 것이 아니라sans littérature, 정말로 나는 폭발하는 풍경 속에서 반 고흐의 핏빛 붉은 얼굴이 내게로 다가오는 것을 보았다"라는 문장은 단순한 비유나 상상이 아닌, "두 신경의 자기장, 두 개의 살아 있는 중심, 두 개의 열정적인 표현",[43] 즉 반 고흐와 아르토라는 두 '생'의 진동이 만나 충돌하며 어우러지는 물리적인 맥놀이 그 자체를 예고한다. 그런데 이 파동의 생생함을 고스란히 전하기에는 아르토와 지금 우리가 쓰고 있는 분절 언어로 된 그 어떤 말도 '생'의 박동을 마비시킬 위험이 있다. 그래서 아르토는 차마 말이 되지 못한 소리, 아니 기꺼이 말이 되지 않기로 한 소리, 혹은 결연히 말 바깥으로 떠나버린 소리인 방언glossolalie을 지어 심는다. "**kohan / taver / tensur / purtan**."

《반 고흐》에는 또다른 방언이 하나 더 나온다. 너무나 단순하고 적확하며 소박하고 현실적인 반 고흐의 그림을 가지고서 "자전축의 세차 운동에 대한 저질스럽고도 심히 미련하게 성스러운 신명 재판이나 미분법, 양자론에 결정적으로 나사 빠진déréglé 무언가가 있다는 것을 박식한 학자에게

---

43 앙토냉 아르토, 《연극과 그 이중》, 143-144쪽.

대체 어떻게 이해시킬 수 있"는지(65쪽) 불평하는 수사적 의문문과, 그림을 그릴 때만큼이나 단순하고 객관적이며 진실되게 자신의 그림을 글로 묘사한 편지에서 엿보이듯 위대한 화가인 만큼이나 훌륭한 작가인 반 고흐가 아니고서야 반 고흐의 그림을 묘사한들 "무슨 소용인가!"라고 탄식하는 문장 사이에서 그 방언을 찾을 수 있다. **"O vio profe / O vio proto / O vio loto / O théthé"**.(66쪽) 문맥상, 아르토는 이 방언을 통해 반 고흐의 그림을 이해와 묘사의 차원과 단절시킨다. 아르토가 보기에 반 고흐의 그림이 '생'의 경련을 오롯이 간직하고 있다면, 그 그림을 논리적으로 설명하거나 분절 언어로 번역하는 것은 그림이 지닌 생명력을 훼손할 따름이다. 말에서 뜻을 빼고 음가와 박자만 남긴 방언은 논증의 불가능성과 묘사의 불필요함 사이에 놓임으로써 반 고흐 그림의 헐떡이는 '생'을 있는 그대로 자기 안에 봉인하고 그 대신 자신의 물리적 소리와 리듬을 내어 놓는다.

아르토는 로데즈 정신병원 시절 말기, 퇴소 가능성이 점쳐지던 무렵부터 다시 호흡과 신체를 단련하기 시작했다. 폴 테브냉은 액운을 쫓듯 흥얼거리며 병실을 빙빙 돌아다님으로써 로데즈의 의사들로부터 의학적 근심을 샀던 이 기행이 병리적 이상 행동이 아니라, 소싯적 영화 배우이자 연극 배우였던 아르토에게는 일종의 신체 단련법이었다고 말한다.[44] 이러한 수련은 로데즈 퇴소 후에도 계속되었다. 아르토는 자기 방에 거대한 나무 도마를 들여 놓고 시시때때로 박자에 맞춰 망치로 내려치면서 "통사 바깥으로 내던져진 정서적 음절들", "힘의 문자mots-force, 타격의 문자mots-coups, 폭탄처럼 터지는 기호"[45]인 방언에 즉흥적인 가락을 붙여 흥얼거리곤 했다. 이는 단지 호흡과 신체의 훈련에만 그치지 않고 그의 글쓰기 작업에까지 적용되었다. 아르토는 로데즈 퇴소 이후 기술과 구술을 오가는, 펜으로 쓰기와 망치로 두드리기가 교대되는, 말과 방언, 글과 그림을 넘나드는 글쓰기를 수행했는데, 온몸을 사용한 엄격한 호흡법[46]과 타격으로 만들어지는 방언은 "글쓰기에 신체의 물리적 행위를 개입"[47]시키는 아르토 후기 작법의 주요 요소다. 아르토가 《연극과 그 이중》에서 다룬 새로운 언어에 관한 구상과 로데즈 퇴소 이후

44 Paule Thévenin, "L'Impossible théâtre," *Antonin Artaud, ce désespéré qui vous parle* (Seuil, 1993), p. 124.

45 Évelyne Grossman, *Antonin Artaud: Un insurgé du corps*, p. 87.

46 아르토가 자신의 전시회를 위해 쓴 글들에서도 호흡의 중요성이 강조되고 있다. 배우에게 가장 중요한 요소, 지고의 음색에 가닿기 위해 수반되는 훈련, 육체의 전면적 변화를 위해 필수적인 방법은 모두 "신들림 없이, / 외침의 특정 리듬에 맞춘 강하고 체계적인 헐떡임"(112쪽), "생명력 있는 호흡을 향한 의지"(131쪽), "호흡의 정신"(144쪽), 한 마디로 호흡의 문제로 수렴된다. 이는 어찌 보면 아르토의 예술 안에서 자연스러운 흐름이다. '생'을 강조하는 아르토에게 호흡의 문제는 숨, 다시 말해 '생'의 문제이기 때문이다.

47 Évelyne Grossman, *Antonin Artaud: Un insurgé du corps*, p. 86.

의 여러 텍스트에 삽입된 방언의 연관성에 대해서는 보다 신중하고 정교한 논의가 필요하겠지만, 그럼에도 잔혹극을 위한 새로운 언어와 후기의 방언 모두 분절 언어로부터의 이탈, 관념과 의미로부터의 해방, 신체와 호흡, 감각과 정동의 기호라는 공통점을 공유하는 것은 분명해 보인다.

《반 고흐》의 수수께끼 같은 두 방언은 분절 언어에서 벗어나고 이해와 묘사의 기능을 거부함으로써 반 고흐 그림의 '생'의 경련을 생동하는 그대로 제 안에 봉인한다. 대신 이 방언은 제 의미를 영영 미결에 부치고서 다만 단순한 소리와 간결한 박자로 텍스트를 두드리는, 일종의 타악기가 된다. 그런데 이 방언에는 반 고흐뿐 아니라 아르토의 '생'의 진동 또한 새겨져 있다. 아르토가 숙련된 호흡에 의해 들썩이는 온몸으로 타악기를 연주하듯, 나무 도마를 망치로 두드리며 자신의 '생'의 박동을 방언의 '정서적 음절' 하나하나에 박아 넣었으므로. 이 방언을 해석하려는 시도는 이 방언 안에서 꿈틀대는 '생'을 고정시켜 방언 자체를 무효화하는 위협이 될 것이다. 아르토는 《연극과 그 이중》에서 "정확성을 강조하게 되면 이를 능욕할 위험이 있다", "분명한 단어에 대한 강박 관념은 단어를 고갈시킬 것이다"[48]라고 말하며 분절 언

48 앙토냉 아르토, 《연극과 그 이중》, 183, 216쪽.

어를 대체할 새로운 언어가 가져야 할 유동성과 가소성을 강조했는데, 이는 방언에도 꼭 해당되는 말이다.[49]

나는 앞에서 《반 고흐》가 정신과 의사가 쓴 의학적 전기에 대항하는 잔혹의 평전이라고 이야기한 바 있다. 그런데 현 지점에 이르러 이 판단은 수정이 필요해 보인다. 이 글은 평전이 아니다. 이 글은 반 고흐의 생애를 설명하거나 판단하지도, 그가 겪어낸 삶의 가치를 가르치지도 않는다. 이 글은 반 고흐의 그림에 대한 미술 비평이 되는 것도 거부하는 듯하다. 아르토는 반 고흐가 자기만의 비밀스런 자아를 만나는 문으로 들어가 죽기 이틀 전까지 그린 그림 〈까마귀가 있는 밀밭〉에 "가능한 영속적 현실로 통하는" 또다른 문을 숨겨 놓았다고(49쪽), 그림 〈폴 고갱의 의자〉 속에서 빛의 "초

49 "정확성"에 대한 회의는 반 고흐에게서도 엿보인다. 그에게 사물을 정확하게, 사실과 똑같이 그리는 것이 꼭 사물을 진실되게 표현하는 것은 아니다. 그는 때때로 진실성을 위해 사실에 대한 왜곡을 가하는 것도 서슴치 않았다. "요즘 꽃핀 과일나무를 그리고 있네. 분홍색 복숭아꽃과 황백색 배꽃. 붓놀림에 정해진 방식은 없어. 되는 대로 불규칙하게 캔버스 위에서 붓을 놀리는 거지. 두껍게 칠한 부분, 칠하다 만 부분, 미완성으로 남겨둔 구석, 다시 그리기, 거친 붓놀림. 그 결과는 매우 껄끄럽고 마음 불편하게 만드는 면이 있어서, 기법에 대해 고정관념을 가진 사람이라면 좋아하지 않을 걸세." "정확한 데생과 정확한 색채는 추구해야 할 본질이 아니야." "나는 색채가 실물과 똑같은지 아닌지는 그리 신경 쓰지 않네." "[그림 〈밤의 카페〉에 대해] 사실적인 입장에서 보면 어떤 부분은 자연에 충실하지 않은 색이지만, 개성의 열기 같은 어떤 감동을 암시하는 색채란다." 빈센트 반 고흐, 《고흐 영혼의 편지》, 565, 605, 612, 706쪽.

점이 다른 곳에 위치해 있는 것 같고 광원이 이상하게 어둡기 때문"에 마치 "그 비밀을 풀어낼 열쇠는 오직 반 고흐만이 제 품에 지니고 있"는 것처럼 보인다고 말한다.(54쪽) 이처럼 아르토에게 반 고흐의 그림들은 지극히 단순하지만 절대적으로 불가사의한 구석으로 인해 끝내 낯설고 불투명해진다. 아르토는 그 불가사의 속으로 들어가 그의 작품을 투명하고 철저하게 해석하기를 단념하고 미련 없이 돌아선다. 왜냐하면 그 비밀스런 구석은 반 고흐에게만 은밀하게 열려 있고 그 이외의 어느 누구에게도 명확하고 온전하게 포착되지 않으며, 따라서 대상화되지도, 통제되지도, 착취되지도 않을, 반 고흐만을 위한 자유의 자리이기 때문이다. 이렇게 아르토는 반 고흐라는 사람과 그의 삶, 그의 작업을 떠받치는 '생'의 맥박을 방언의 진동으로 대체함으로써 그것에 대해 아무것도 설명하거나 해석하지 않기로 선택한다. 하지만 이 '생'의 경련에 대해 아무것도 이야기하지 않음으로써, 그 흔들림을 어떤 의미로도 고정시키지 않음으로써, 이 '생'을 영원히 살게 만든다. 그리고 "말로는 표현할 수 없는 불안과 불확실성의 상태"[50]가 아르토가 말하는 시의 핵심적 속성이라면, 경련하는 '생'을 영영 헐떡이고 꿈틀대게 만드는 《반 고흐》는 잔혹의 시다.

50 앙토냉 아르토, 《연극과 그 이중》, 111쪽.

"이 광기 속에 인간적 자아의 자리는
어디에 있는가?"

우리는 반 고흐의 말로를 잘 알고 있다. '생'을 펄떡이게 하는
'건강'과, 어느 누구로부터도 앎과 통제의 대상이 될 수 없
는 비밀스러운 자아가 보장하는 '자유'를 가지고 자기 내부
의 무한 속으로 입문하는 문을 발견하자마자, 사회는 "반 고
흐의 내부에 있는 나무의 섬유 사이사이를 흥건하게 채우는
검은 까마귀들이 범람하듯, / 마지막으로 솟아올라 그를 덮
쳐, / 그의 자리를 차지하고는, / 그를 죽여버렸다".(46쪽) 자
기만의 목적지를 향해 방향을 틀어 "사회에서 스스로 이탈
해버린 그를 벌하기 위해".(45쪽) 앞에서 언급한 바 있듯 아
르토에게 '생'은 그 어떤 우연과 가차없음, 답보 상태와 고통
도 "돌파하여 작동"하는 것인 만큼, 그는 '생'이 스스로를 죽
이는 일을 "본성에 반하는 행위"이자 절대 있을 수 없는 일
이라고 생각하는 듯하다. "절대 아무도 혼자 태어나지 않는
다. / 또한 아무도 혼자 죽지 않는다. / 그런데 자살의 경우처
럼 육체가 자신의 생을 스스로 박탈한다는, 본성에 반하는
행위를 결심하게 하려면 한 패거리의 나쁜 존재들이 필요하
다. / 그래서 나는 우리가 스스로 생을 단념하는 죽음의 마
지막 순간에 언제나 우리에게서 우리의 생을 빼앗아 가려는

다른 누군가가 있다고 생각한다."(92쪽) 즉, 반 고흐는 자살한 것이 아니라 사회에 의해 자살당한 것이다.

아르토가 글을 쓰던 1947년, 반 고흐는 자살당하고 없었지만 아르토는 살아 있었다. 아르토는 《반 고흐》의 마지막 추신에서 반 고흐가 살아 있을 때 그를 광인이라 욕하고 혐오하며 그의 목을 졸랐던 사람들이 지금은 아무 일도 없었다는 듯 그의 그림을 보러 연일 오랑주리 미술관을 가득 메우는 현실에 환멸감을 느낀다. 그는 그들에게 묻는다. "1946년 2월, 3월, 4월, 5월 매일 저녁 그들이 무엇을 했는지, 그리고 무슨 일이 자신들에게 일어났는지" 똑똑히 기억하느냐고.(94쪽) 그들은 "내가 말하는 그 저녁들 중 어느 저녁, 포포카테페틀 화산에서 최근에 일어난 폭발처럼, 마튀랭 가로 꺾이는 마들렌 대로에 거대한 흰 돌이 떨어"진 것을 보지 못했느냐고.(95쪽) 왜냐하면 그 저녁들이란 그가 로데즈 정신병원에서 최후의 인내심을 짜내며 하루하루 생을 견디던 시절이기 때문이다. 당대의 저명한 사상가와 예술가 들이 힘을 모아준 결과 아르토가 9년여 간의 정신병원 구금이라는 족쇄에서 풀려나 파리에 당도한 날이 1946년 5월 25일이었기 때문이다. '잔혹의 연극'의 창시자인 '연극인homme de théâtre' 앙토넹 아르토가 파리로 귀환한 이상, 파리의 마들렌 대로와 마튀랭 가가 만나는 지점에 있는 오페라 가르니에, 이

유럽 전통 문화와 부르주아 계급을 대변하는 극장은 아르토라는 "거대한 흰 돌"에 의해 파괴될 것이기 때문이다.

이렇게 아르토는 '사회에 의해 자살당한 자' 반 고흐를 위해 자기 몫의 준엄한 복수를 다짐한다. 하지만 사회라는 악귀에 씌지possédé 않고는 "살 수도, 산다고 생각할 수도 없었던 것이 현대 인간의 해부학적 논리다".(46쪽) 그렇다면 어떻게 해야 사회로부터 통제되거나 제압당하지 않는 자신만의 '생'의 전율을 '건강'하고 '자유'로운 상태 그대로 지켜낼 수 있을까? 아르토가 정말 《반 고흐》라는 텍스트 곳곳에 자신의 건강과 자유의 자리를 마련해 두었다면, 그 또한 "**O vio profe / O vio proto / O vio loto / O théthé**"와 "**kohan / taver / tensur / purtan**"이라는 방언에 있는 것이 아닐까? 언어라는 기호를 이해할 수 있게 해부하여 구조화하는 모든 언어학적 연결고리를 잘라낸 이상한 말. 모든 뜻풀이의 가능성을 열어두면서도 동시에 어떤 뜻풀이도 빗나가게 만들고야 마는 번역 불가능한 말. 끝없는 해석을 불러일으키면서도 동시에 어떤 해석도 무력화시키는 불투명한 말. 오직 아르토만이 그 안으로 들어갈 열쇠를 쥐고 있을 그의 "인간적 자아의 자리". 그리하여 의학 권력과 행정·사법 권력을 포함한 사회의 어떤 권력도 침해하지 못할 그의 건강과 자유의 자리. 그러므로, 우리도 정확히 읽어 반드시 이해하고픈 욕심을 내려놓고 물러서야 할, 한 인간의 경련하는 '생'의 자리 말이다.

참고 문헌

아르토, 앙토냉. 《연극과 그 이중》. 이선형 옮김. 지만지드라마, 2021.

_____. *Nouveaux écrits de Rodez*. Gallimard, coll. « L'Imaginaire », 2007.

_____. *Œuvres*. édité par Évelyne Grossman. Gallimard, coll. « Quatro », 2004.

_____. *Œuvres Complètes*, tome XIII. Gallimard, 1974.

Beer, François-Joachim. *Du démon de Van Gogh*. Cartier, 1945.

Danchin, Laurent, André Roumieux. *Artaud et l'asile*. Séguier, 2015.

Grossman, Évelyne. *Antonin Artaud: Un insurgé du corps*. Gallimard, coll. « Découvertes Gallimard », 2006.

_____. *Artaud, « l'aliéné authentique »*. Éditions Farrago, 2003.

Mèredieu, Florence de. *Sur l'électrochoc: Le cas Antonin Artaud*. Blusson, 1996.

Murat, Laure. *La Maison du docteur Blanche. Histoire d'un asile d'aliéné et de ses personnages, de Nerval à Maupassant*. Hachette Littérature, 2001.

Thévenin, Paule. *Antonin Artaud, ce désespéré qui vous parle*. Seuil, 1993.

Arts: beaux-arts, littérature, spectacle, no. 104, le 31 janvier 1947.